मानसिक शांति के रहस्य

I0611681

> तमाम तरह के दबावों, तनावों से छुटकारा दिलवा कर मानसिक शांति प्राप्त करवाने में सहायक तकनीकी एवं व्यावहारिक जानकारियों से पूर्ण पुस्तक।

➤ यह पुस्तक पढ़ने के बाद आप अवश्य समझ जाएंगे कि मानसिक शांति क्या है? इसे प्राप्त करने के मार्ग में कौनसी बाधाएं है? और इन बाधाओं को कैसे दूर किया जा सकता है।

➤ यह पुस्तक जीवन के प्रति आपके दृष्टिकोण को बदलकर आपको अपनी जीवन शैली की फिर से समीक्षा के लिए बाध्य करेगी, ताकि मानसिक शांति प्राप्त करने में आप सक्षम बन सकें।

➤ यह निश्चित है कि मानसिक शांति मिलते ही आपके भीतर के कई रोग अपने आप ही भाग जाएंगे।

➤ इस पुस्तक में मानव स्वभाव के विभिन्न रूपों को भी प्रस्तुत किया गया है, ताकि उनके अनुसार आप अपने लिए मानसिक शांति प्राप्त कर सकें।

➤ तनाव के भस्मासुर को मारने के जो रहस्य इस पुस्तक में दिए गए हैं, वे आपको मानसिक शांति की मंजिल पर अवश्य ही ले जाएंगे और तन-मन से चुस्त, दुरुस्त और तंदुरुस्त बना देंगे।

आत्म-विकास
की सर्वश्रेष्ठ पुस्तकें

हां, तुम एक विजेता हो!	60.00
जीवन में सफल होने के उपाय	68.00
भयमुक्त कैसे हों	48.00
धैर्य एवं सहनशीलता	80.00
व्यवहार कुशलता	60.00
निराशा छोड़ो सुख से जिओ	60.00
खुशहाल जीवन जीने के व्यावहारिक उपाय	96.00
साहस और आत्मविश्वास	60.00
सार्थक जीवन जीने की कला	60.00
मानसिक शांति के रहस्य	60.00
सफल वक्ता एवं वाक प्रवीण कैसे बनें	72.00
मन की उलझनें कैसे सुलझाएं	60.00

वी एण्ड एस पब्लिशर्स की पुस्तकें

देश-भर के रेलवे, रोडवेज़ तथा अन्य प्रमुख बुक स्टॉलों पर उपलब्ध हैं। अपनी मनपसंद पुस्तकों की किसी भी नजदीकी बुक स्टॉल से मांग करें। यदि न मिलें, तो हमें पत्र लिखें। हम आपको तुरंत वी.पी.पी. द्वारा भेज देंगे। इन पुस्तकों की निरंतर जानकारी पाने के लिए विस्तृत सूची-पत्र मंगवाएं या हमारी वेबसाइट देखें –

www.vspublishers.com

मानसिक शांति के रहस्य

हरिदत्त शर्मा

वी एण्ड एस पब्लिशर्स

प्रकाशक

वी एण्ड एस पब्लिशर्स
F-2/16, अंसारी रोड, दरियागंज, नई दिल्ली-110002
23240026, 23240027 • फैक्स: 011-23240028
E-mail: info@vspublishers.com • *Website:* www.vspublishers.com

क्षेत्रीय कार्यालय : हैदराबाद
5-1-707/1, ब्रिज भवन (सेन्ट्रल बैंक ऑफ इण्डिया लेन के पास)
बैंक स्ट्रीट, कोटी, हैदराबाद-500 095
040-24737290
E-mail: vspublishershyd@gmail.com

शाखा : मुम्बई
गोदाम 34 ऐट द मॉडल को-आपरेटिब हाउसिंग सोसाइटी लि0,
'साहकार निवास' ग्राउण्ड फ्लोर, नेक्स्ट टू सोबो सेन्ट्रल, मुम्बई - 400 043
022-23510736
E-mail: vspublishersmum@gmail.com

फ़ॉलो करें:

हमारी सभी पुस्तकें **www.vspublishers.com** पर उपलब्ध हैं

मुद्रक: परम ऑफसेटर्स, ओखला, नई दिल्ली-110020

मन और मानसिक शांति

मानव मन की शक्ति अपार है। किसी भी लक्ष्य को प्राप्त करने का माध्यम हमारा शरीर है। शरीर को कार्य करने के लिए विधाता ने दस इंद्रियां प्रदान की हैं, पांच कर्मेंद्रियां और पांच ज्ञानेंद्रियां। मन इन सभी दस इंद्रियों का स्वामी है। ये इंद्रियां मन के आदेशानुसार ही कार्य करती हैं, किंतु यदि मन अपनी शक्ति का सही उपयोग नहीं करता, तो इंद्रियां भी अपना कार्य भली प्रकार से नहीं करती हैं। मन की तुलना उस सारथी से की गई है, जो शरीर रूपी रथ को चलाने के लिए इंद्रियां रूपी दस घोड़ों की लगाम अपने हाथों में थामे हुए है।

मन की शक्ति

मन यदि शक्तिशाली है और अपनी शक्ति का उपयोग करने के लिए सजग है, तो वह इंद्रियों को आदेश देकर एक ही लक्ष्य पर केंद्रित कर सकता है। ऐसी अवस्था में सभी इंद्रियां अपनी पूरी क्षमताओं का उपयोग करके बड़े-से-बड़े कार्य को भी आरानी से पूरा कर सकती हैं। मन यदि अपने कर्तव्य के प्रति सजग नहीं है, तो इंद्रियां भी अनुशासनहीनता करने लगती हैं। ऐसी स्थिति में उनकी शक्ति विभाजित हो सकती है। शक्ति के विभाजित हो जाने के कारण कोई भी कार्य भली प्रकार नहीं किया जा सकता।

मन को शक्तिशाली बनाने के लिए उसे कार्य की उथल-पुथल और चिंता से बचाना चाहिए तथा उसको पूरी तरह से शांत रखना चाहिए, जिससे वह अपनी शक्तियों का भली प्रकार उपयोग कर सके।

मानसिक शांति

मानसिक शांति मन की ऐसी अवस्था है, जब मन सभी प्रकार के तनावों, चिंताओं और भय से मुक्त होकर आत्मकेंद्रित हो जाता है और जीवन के लक्ष्यों के बारे में पूरी शक्ति, समझ और विश्वास के साथ निर्णय लेता है और उन निर्णयों का इंद्रियों द्वारा भली प्रकार पालन भी करवाता है।

इस प्रकार मानसिक शांति की अवस्था में हम अपने लक्ष्य को अधिक शीघ्रता और विश्वास के साथ प्राप्त कर सकते हैं। किंतु आज की आपाधापी और तनाव की जिंदगी में मानसिक शांति को बनाए रखना एक दुष्कर कार्य है। हमारे स्वयं के सोच-विचार, सामाजिक व्यवस्था और पर्यावरण सभी मिलकर मानसिक शांति के मार्ग में नित नई-नई बाधाएं खड़ी करते रहते हैं।

मानसिक शांति प्राप्ति में मुख्य बाधाएं

काम, क्रोध, लोभ, मोह, अहंकार, मद, छल-कपट, दंभ, ईर्ष्या, द्वेष, अनाचार, दूषित यौनाचार, दूषित मनोभाव, पारिवारिक झगड़े, कटाक्ष, आलोचना, किसी दूसरे द्वारा किए कार्य में मीन-मेख निकालना आदि बातों को ही मुख्य बाधाएं माना गया है।

किंतु मनोवैज्ञानिक दृष्टिकोण से तनाव को ही अशांति का मुख्य कारण माना गया है। जब कोई व्यक्ति तनाव की स्थिति में होता है, तो वह ठीक से सोच-विचार नहीं कर पाता है। परिणामस्वरूप मानसिक अशांति की स्थिति में फंस जाता है।

सामाजिक कारणों से पति-पत्नी का झगड़ा, सास-बहू का झगड़ा, संतान से झगड़ा, संतान का नियंत्रण से बाहर हो जाना, पति की नशे की आदत, पति या पत्नी के मन में शंका पैदा हो जाना, संबंधियों या पास-पड़ोस से झगड़ा, धन एवं जायदाद संबंधी झगड़ा आदि बातें मुख्य सामाजिक कारणों में गिनी जाती हैं।

आजकल पति-पत्नी के झगड़ों का मुख्य कारण प्रायः अहं का टकराव ही होता है। यदि पति-पत्नी दोनों ही नौकरी कर रहे हैं, तो इसकी संभावना बहुत अधिक होती है। दोनों ही एक-दूसरे पर हावी होना चाहते हैं, साथ ही यह भी चाहते हैं कि उनकी इच्छा के विरुद्ध कोई कार्य न किया जाए।

यदि यौन संबंधों में दोनों एक-दूसरे को संतुष्ट न कर पाते हों, तो भी संबंधों में तनाव बना रहता है। एक-दूसरे पर लांछन लगाने से, कामों में दोष निकालते रहने से भी तनाव की स्थिति बनी रहती है। यदि पति घर में पूरा वेतन लाकर न देता हो, तो भी दोनों में झगड़े की नौबत आती रहती है। यदि पति पत्नी से मार-पीट करता हो, पर स्त्री गमन करता हो, घर के कामकाज में रुचि न लेता हो, तो भी झगड़ा होने की संभावना रहती है एवं तनाव की स्थिति बनी रहती है।

इस प्रकार के तनाव का मन पर विपरीत प्रभाव पड़ता है और मन में उठे विचार शरीर की क्रियाओं को प्रभावित करने लगते हैं। विचारों के इस प्रभाव को शारीरिक क्रियाओं पर स्पष्ट रूप से देखा जा सकता है।

विचारों का शरीर पर प्रभाव

जब व्यक्ति निराश एवं उदास रहता है, तो इसका प्रभाव उसके पाचन-तंत्र पर पड़ने लगता है। पाचन-तंत्र बिगड़ जाता है, जिसका प्रभाव यह होता है कि उस व्यक्ति की भूख कम हो जाती है, रक्त संचार में गड़बड़ आ जाती है, मांस-पेशियों की सक्रियता पर भी इसका प्रभाव पड़ता है। व्यक्ति का भार भी कम होने लगता है।

जब कोई व्यक्ति मानसिक तनाव में रहता है, तो उसके प्रभाव से उसे पेट का अलसर, रक्तचाप, चर्म रोग और गठिया आदि रोग लग जाने की संभावना बनी रहती है। एलर्जी एवं माइग्रेन (सिर दर्द) भी मानसिक तनाव से ही पैदा होते हैं।

जो व्यक्ति सदा भयभीत रहता है, उसके शरीर की शक्ति क्षीण होती जाती है।

जो व्यक्ति बहुत लोभी होता है, उसे रक्तहीनता की बीमारी होने की संभावना बनी रहती है।

जो व्यक्ति अहंकारी होता है, उसके मन में कभी भी चैन नहीं पैदा हो पाता है। वह सदा स्वयं को ही सही सिद्ध करने के प्रयास में लगा रहता है।

जो व्यक्ति नकारात्मक विचार रखता है, उसके रक्त में विषैले तत्व बढ़ते जाते हैं, जो कई प्रकार के रोग पैदा करते हैं।

इसलिए प्रत्येक व्यक्ति को एक नियमित कार्यक्रम के अनुसार जीवन जीना चाहिए। **जीवन में पूर्णता एवं संतुष्टि की भावना एक टॉनिक का कार्य करती है। शारीरिक रोगों की जड़ मन के अंदर ही स्थित होती है।** मन संबंधी रोगों को 'आधि' कहा जाता है और शारीरिक रोगों को 'व्याधि' कहा जाता है।

काम, क्रोध, लोभ, द्वेष और अहंकार आदि को मन के नकारात्मक विचार माना जाता है। इनका प्रभाव टी.वी., कैंसर आदि से भी अधिक संक्रामक होता है। इसीलिए कहा जाता है कि जैसा सोचोगे, वैसा ही बन जाओगे। अच्छे विचारों का शरीर पर अच्छा प्रभाव पड़ता है और नकारात्मक विचारों का शरीर पर बुरा प्रभाव पड़ता है।

मस्तिष्क तरंगों का योगदान

शरीर पर विचारों का प्रभाव किस प्रकार और क्यों पड़ता है, यह स्पष्ट करने के लिए वैज्ञानिकों ने चार प्रकार की मस्तिष्क तरंगों का पता लगाया है। वे हैं   अलफा, बीटा, थीटा और डेल्टा।

अलफा तरंग : यह तरंग उस समय पैदा होती है, जब मस्तिष्क शांत, निष्क्रिय, तटस्थ और तनावरहित अवस्था में होता है। यह तरंग प्रति सेकंड 8 से 13 चक्कर लगाती है। जब भी कोई योगी ध्यान अवस्था में होता है, तो उसके मस्तिष्क में यही अलफा तरंगों वाली स्थिति पैदा हो जाती है।

साधारण व्यक्ति भी जब कभी इस अवस्था में आ जाता है, तो वह एक विशेष आनंद का अनुभव करने लगता है। मानव जीवन में यह एक परमानंद की अवस्था है। लोभी, क्रोधी एवं ईर्ष्या-द्वेष से युक्त व्यक्ति इस अवस्था में पहुंच नहीं पाते हैं।

बीटा तरंग : बीटा तरंग उस समय पैदा होती है, जब व्यक्ति दत्त चित्त होकर किसी कार्य में लगा होता है। यह तरंग एक सेकंड में 14 या इससे अधिक चक्कर लगाती है। यह दिमाग के सक्रिय होने की स्थिति है। जैसे जोड़ना, हिसाब लगाना या किसी समस्या का हल सोचना आदि के समय की अवस्था है।

थीटा तरंग : यह नींद से पूर्व या अर्द्धनिद्रित अवस्था में उठती है। यह एक सेकंड में 4 से 6 चक्कर लगाती है।

डेल्टा तरंग : यह नींद की अवस्था में उठती है और एक सेकंड में 1 से 6 चक्कर लगाती है।

कार्यों का शरीर और मन पर प्रभाव

व्यक्ति के सोचने एवं कार्य करने के ढंग का उसके जीवन की सफलता और असफलता पर व्यापक प्रभाव पड़ता है। इसीलिए सभी धर्मों की मुख्य सीख यही है कि 'जैसा करोगे, वैसा ही भरोगे।' 'जैसा बोओगे, वैसा ही काटोगे।' ऐसा कहने का केवल धार्मिक आधार ही नहीं है। इसका वैज्ञानिक आधार भी है।

जब भी कोई व्यक्ति किसी का बुरा करता है या सोचता है, छल-कपट के कार्य करता है, तो उसका रक्तचाप और दिल की धड़कन एकाएक बढ़ जाती है। जब व्यक्ति बार-बार वैसा ही करता रहता है, तो रक्तचाप और दिल की धड़कन को बढ़े रहने की आदत पड़ जाती है। इसका परिणाम यह होता है कि व्यक्ति के अंदर किसी-न-किसी रोग का जन्म हो जाता है।

क्रोध, लोभ, भय, ईर्ष्या-द्वेष, चिंता एवं तनाव का भी ऐसा ही प्रभाव पड़ता है। ये सभी हमारे अंदर के रासायनिक संतुलन को बिगाड़ देते हैं।

पिट्यूटरी एवं एड्रीनल ग्रंथियां उस संतुलन को बनाए रखने का प्रयास करती रहती हैं। इस कार्य में उन्हें अधिक-से-अधिक हारमोन-रस छोड़ना पड़ता है। ये ग्रंथियां कुछ सीमा तक तो ऐसा करती हैं, किंतु यदि वह व्यक्ति उन बुराइयों को करता ही रहता है, तो ये ग्रंथियां भी हार मान लेती हैं और अतिरिक्त हारमोन रस छोड़ने का अपना प्रयास बंद कर देती हैं। बढ़े हुए रक्तचाप के कारण दिल की धमनियों की लचक धीरे-धीरे घटने लगती है, जिससे दिल से रक्त ले जाने वाली रक्त-नलिकाएं कठोर होने लगती हैं। इस कारण दिल के रोग और अलसर आदि रोग होने के आसार बढ़ जाते हैं। कई प्रकार के दूसरे रोग भी शरीर में हो जाते हैं, जो धीरे-धीरे व्यक्ति के जीवन को घुन की तरह अंदर से खोखला करने लगते हैं।

क्योंकि ये परिवर्तन दिखाई नहीं देते हैं, इसलिए लोग इनकी ओर कोई ध्यान ही नहीं देते। थोड़े से झूठे सुख के लोभ में अपना अमूल्य जीवन नष्ट करते रहते हैं। परिणाम यह होता है कि कई प्रकार के मनोकायिक रोग (मन के विकारों के परिणाम शरीर पर रोग के रूप में उभरने लगते हैं, जैसे दमा, खुजली, सिर दर्द, एग्जिमा आदि।) उनको घेरने लगते हैं।

इस तरह से प्रकृति बुरे कर्मों की सजा देती रहती है और 'जैसी करनी, वैसी भरनी' कहावत को सही सिद्ध करती है।

असीमित इच्छाओं से तनाव

सभी प्राणियों की कुछ-न-कुछ मौलिक आवश्यकताएं होती हैं जैसे भूख, प्यास, नींद एवं यौन-संबंध स्थापित करने की इच्छा। इनके पूरा होते ही मनुष्य के अतिरिक्त सभी प्राणी शांत हो जाते हैं।

क्योंकि मनुष्य को ईश्वर ने मन और बुद्धि भी दे रखी है, इसलिए मनुष्य इन वस्तुओं को प्राप्त करके भी संतुष्ट नहीं होता है और वह इनका अधिक-से-अधिक आनंद उठाना चाहता है।

वह झोंपड़ी में सोकर ही संतुष्ट नहीं होता है, बल्कि बड़े-बड़े महल बना लेना चाहता है, जो उसकी संतान के भी काम आ सकें। एक पद प्राप्त कर लेने के पश्चात् उससे भी बड़ा कोई दूसरा पद प्राप्त कर लेना चाहता है। जितना यश, धन और पद की प्राप्ति होती जाती है, उतनी ही उसकी इच्छाएं और अधिक बढ़ती जाती हैं। मानव की परेशानियों का मूल कारण उसकी असीमित इच्छाएं और बेलगाम मन ही है।

साइकिल वाला स्कूटर चाहता है। स्कूटर वाला कार चाहता है, कार वाला हवाई जहाज की कल्पना करता रहता है। मृत्यु तक व्यक्ति के मन में नई-नई इच्छाएं पैदा होती ही रहती हैं। ये असीमित इच्छाएं ही व्यक्ति के सभी दुःखों का एक मुख्य कारण है। जब वह अपनी किसी इच्छा को पूरा नहीं कर पाता है, तो उसके अंदर तनाव की स्थिति पैदा हो जाती है।

मानसिक शांति के शत्रु

मानसिक शांति और मन के आपसी संबंध की चर्चा पहले अध्याय में की जा चुकी है। इस अध्याय में मानसिक शांति के कुछ अन्य शत्रुओं की चर्चा की जा रही है, जिन पर काबू पाकर आप अपना जीवन सुखमय बना सकते हैं।

घृणा

घृणा मानव का एक ऐसा शत्रु है, जो किसी-न-किसी रूप में प्रकट होता रहता है। ईर्ष्या-द्वेष, गाली-गलौच, मजाक उड़ाना, दूसरों को चिढ़ाना आदि घृणा के ही रूप हैं। घृणा से छुटकारा पाना बहुत ही कठिन कार्य है, क्योंकि कोई-न-कोई रूप धारण कर यह मन से बाहर प्रकट होती ही रहती है।

यदि पिता किसी व्यक्ति से घृणा कर रहा है, तो उसकी संतान भी उस व्यक्ति से घृणा करने लगती है। इस प्रकार से घृणा का बीज और आगे बढ़ने लगता है। जिस व्यक्ति से हम घृणा कर रहे होते हैं, यदि वह बीस वर्ष बाद भी मिलता है, तो उसके प्रति हमारा दृष्टिकोण घृणा का ही होता है।

घृणा के कारण ही पति-पत्नी में तलाक तक की नौबत आ जाती है। घृणा के कारण ही पिता और पुत्र में मुकदमे तक शुरू हो जाते हैं। घृणा के प्रभाव से बचने का सबसे बढ़िया उपाय यही है कि आप जिस व्यक्ति से भी घृणा कर रहे हों, उसके गुण देखना शुरू कर दो। उन गुणों के कारण अपने अंदर उस व्यक्ति के प्रति आदर-सम्मान का भाव पैदा करने

का प्रयास कीजिए। इस रामबाण औषधि से आपके मन से घृणा समाप्त हो जाएगी और मानसिक शांति भी मिलने लग जाएगी।

ईर्ष्या और द्वेष

सामान्य ईर्ष्या-द्वेष तो सामान्य जीवन के ही लक्षण हैं, किंतु असामान्य ईर्ष्या-द्वेष तो केवल मानसिक रोग के लक्षण हैं। इनसे क्रोध और घृणा पैदा होने लगती है, जो कई रोगों को बढ़ाती जाती है। सामान्य ईर्ष्या-द्वेष तो उन्नति में सहायता करता है, जबकि असामान्य ईर्ष्या-द्वेष मानसिक क्लेश ही पहुंचाता है। थोड़े से मानसिक सुख का आभास अवश्य मिल जाता है, शरीर को हुई हानि का आभास नहीं हो पाता है। ईर्ष्या और द्वेष एक मीठे विष की तरह कार्य करती है और मानव को अंदर से खोखला बनाती जाती है।

सुखी जीवन जीने के लिए इनको काबू में रखना चाहिए, तभी मानसिक सुख-शांति संभव है।

ईर्ष्या-द्वेष की तुलना एक उल्लू के बच्चे के साथ भी की जाती है, क्योंकि यह विवेक के अभाव में ही पैदा होती है। हर व्यक्ति में कुछ-न-कुछ दुर्बलताएं अवश्य होती हैं। किसी की सुख-समृद्धि देखकर ईर्ष्या नहीं करनी चाहिए।

क्रोध

क्रोध की तुलना उन कुत्तों के साथ की जाती है, जो आपस में लड़ रहे हों। कुत्ते जब आपस में लड़ते हैं, तो पूरी तरह से स्वयं पर नियंत्रण खो देते हैं। हमारे शास्त्रों में दुर्वासा ऋषि को क्रोध का प्रतीक माना जाता है, जो अपने दस हजार अनुयाइयों के साथ घूमते रहते हैं। ये अनुयायी क्रोध से पैदा होने वाली दस हजार बुराइयां, दुख और कष्टों को दर्शाते हैं।

जब भी कोई व्यक्ति क्रोध की अवस्था में होता है, तो दुखों और बुराइयों की ओर बढ़ता ही जाता है। फिर बुराइयों का ऐसा क्रम बन जाता है कि एक बुराई से दूसरी बुराई का जन्म होता जाता है।

महाभारत के एक प्रसंग में जब यक्ष ने युधिष्ठिर से पूछा था कि किस बात को त्यागने से व्यक्ति कई क्लेशों से मुक्त हो जाता है, तो युधिष्ठिर ने 'क्रोध' का नाम ही लिया था।

क्रोध को त्यागना वैसे बहुत ही कठिन कार्य है। हमारे शास्त्र क्रोध से संबंधित कथानकों से भरे पड़े हैं, जिनमें यह बताने का प्रयास किया जाता है कि किस प्रकार क्रोध व्यक्ति को विनाश की ओर ले जाता है। एक बुद्धिमान व्यक्ति भी क्रोध में पागलों की तरह व्यवहार करने लगता है।

गीता में भी काम, क्रोध और लोभ ये तीन नरक के द्वार माने गए हैं। ये मानव को सीधा नरक पहुंचाते हैं। क्रोध में जब व्यक्ति पागल-सा हो जाता है, तो फिर उसे अच्छे-बुरे का बिल्कुल भी ध्यान नहीं रहता है। काम-वासनाओं का बिगड़ा हुआ रूप ही क्रोध है। जब भी किसी इच्छा की पूर्ति में बाधा आती है, तो उससे क्रोध आ जाता है। क्रोध की अवस्था में मन भी भ्रमित हो जाता है, इस कारण भी उसे अच्छे-बुरे का ध्यान नहीं रहता।

जब किसी व्यक्ति का क्रोध पर नियंत्रण होने लगता है, तो उसके अंदर ऊर्जा का नया स्रोत फूटने लगता है।

क्रोध की जड़ें व्यक्ति के अहम् में छिपी हुई होती हैं, जो अवसर पाते ही फूटने लगती हैं। क्रोध पर नियंत्रण तभी पाया जा सकता है, जब व्यक्ति अपने अंदर क्षमा, प्रेम, शांति, करुणा और मित्रता जैसे भावों को जगा ले।

यदि कोई आपको गाली देता है, तो भी आप शांत रहकर उसे सुन लीजिए। उस पर कोई भी प्रतिक्रिया मत दीजिए। आप देखेंगे कि इससे आपके अंदर एक नई ऊर्जा शक्ति पैदा हो जाएगी, जो आपको एक विशेष आनंद देने लगेगी।

क्रोध को कई प्रकार के रोगों की जननी माना जाता है। यह कई प्रकार के दिल और नर्वस सिस्टम संबंधी रोग लगा देता है तथा रक्त में एक विशेष प्रकार के विष की मात्रा बढ़ा देता है, जिससे रक्तचाप बढ़ने लगता है। एक बार के क्रोध से नर्वस सिस्टम को इतनी अधिक हानि हो जाती है कि उसे फिर से सामान्य होने में काफी समय लगता है। इसीलिए क्रोध को नरक का द्वार एवं मानसिक शांति का एक मुख्य शत्रु माना गया है। क्रोध पर नियंत्रण किए बिना कोई भी व्यक्ति मानसिक शांति नहीं प्राप्त कर सकता।

लोभ

मानसिक शांति प्राप्ति के मार्ग में बाधा पहुंचाने वाला एक शत्रु लोभ है। संसार में लोभ को सबसे बड़ा रोग माना गया है। लोभ की तुलना गिद्ध पक्षी से की जाती है। जिस प्रकार से गिद्ध अच्छी-बुरी सभी प्रकार की चीजें खा जाता है। उसी प्रकार से लोभी व्यक्ति भी बिना सोचे-बिचारे सब कुछ हड़प कर जाता है। लोभ को त्यागने से प्रसन्नता होती है। लोभी व्यक्ति सदा दुखी ही रहता है। इसीलिए गीता में लोभ को भी नरक का द्वार माना गया है। किंतु लोभ से छुटकारा पाना बहुत कठिन है। केवल संतोष से ही लोभ को कम किया जा सकता है।

सच्ची घटना

प्रत्येक धर्म-ग्रंथ लोभ के प्रभाव को बताने वाली काल्पनिक कथाओं से भरे पड़े हैं, किंतु मैं आपको लोभ संबंधी एक सच्ची घटना बताने जा रहा हूं

जब किसी व्यक्ति के पास धन अधिक मात्रा में आने लगता है, तो उसका लोभ और भी अधिक बढ़ने लग जाता है।

राकफेलर की गिनती संसार के सबसे धनी व्यक्तियों में की जाती थी। धन कमाने की योजनाओं में उनका दिमाग बहुत ही तेज गति से कार्य करता था। अधिक धन कमाने के चक्कर में वह सदा तनाव एवं चिंता से ग्रस्त रहता था। धीरे-धीरे लोभ, चिंता एवं तनाव रूपी तीनों राक्षसों ने मिलकर उस पर आक्रमण कर दिया और उसके अंदर कई प्रकार के रोग पैदा कर दिए। उसको एक ऐसा असाध्य रोग लग गया, जिसे कोई भी बड़े से बड़ा डॉक्टर न समझ सका और न ही उसका इलाज ही कर सका। डॉक्टरों ने स्पष्ट बता दिया कि वह छः मास से अधिक जीवित नहीं रह पाएगा।

यह भी एक विडंबना ही थी कि वह लोभी और कंजूस भी था। किसी भी सामाजिक कार्य के लिए कभी दान नहीं देता था। अमेरिका का यह सेठ प्रतिदिन लाखों डालर कमा रहा था, किंतु उसका अपना

जारी.........

खर्च प्रतिदिन का दस डालर से भी कम था। गरिष्ठ भोजन वह पचा ही नहीं पाता था। धन संपत्ति उसके पास अपार थी, किंतु किसी भी बड़े-से-बड़े डॉक्टर की दवाई उस पर असर नहीं कर रही थी, क्योंकि उसकी बीमारी केवल मानसिक थी, जो लोभ, चिंता एवं तनाव से जुड़ी हुई थी।

एक मित्र ने उसे समझाया कि जब आप मरने ही जा रहे हो, तो अपना थोड़ा-सा धन नेक कामों में क्यों नहीं खर्च कर देते। मृत्यु को साक्षात् सामने खड़ा देखकर उसने भी यही ठीक समझा।

अपने धन को सामाजिक कार्यों में खर्च करने के लिए उसने एक ट्रस्ट बना दिया, जैसे ही उसके मन में निष्काम सेवा की भावना जागी, तो उसे एक विशेष आनंद एवं मानसिक शांति का अनुभव होने लगा। इसके बाद उसके अंदर के रोग बिना किसी दवा के ही धीरे-धीरे ठीक होने लगे और देखते-ही-देखते वह पूर्ण रूप से स्वस्थ हो गया। अब उसे भूख भी लगने लगी थी। वह सुख की नींद भी सोने लगा था।

जो व्यक्ति लोभ के कारण 53 वर्ष की अल्पायु में ही मृत्यु के मुख में पहुंच रहा था। वह 32 वर्ष तक और अधिक सुखपूर्वक जिया। उसकी सोच में परिवर्तन आते ही उसके भीतर एक अनोखे आनंद का स्रोत फूट पड़ा और एक नई ऊर्जा का संचार होने लगा।

पहले वह केवल यही सोचता था कि उसके पास किसी योजना को लागू करके, कितना धन आएगा, किंतु अब वह सोचता था कि उसका धन लोगों को कितना सुख पहुंचाएगा।

उसने अपने धन से राकफेलर फाउंडेशन की स्थापना की। फाउंडेशन के माध्यम से उसने संसार के लोगों की भलाई का प्रयास किया और सच्ची निष्काम सेवा की ओर अपना कदम बढ़ाया। कंजूस होने के कारण पहले लोग उससे घृणा करते थे, किंतु अब सारे संसार में उसे श्रद्धापूर्वक याद किया जाता है।

इसी कारण लोभ को नरक का द्वार माना जाता है। यह लोभी व्यक्ति को सीधा नरक में धकेल देता है। लोभी व्यक्ति को अपने धन से बहुत

अधिक मोह हो जाता है, फिर उसे अपना धन ही सबसे अधिक प्रिय लगने लगता है। अपने आस-पास के लोगों के प्रति उसके मन में शंका रहने लगती है। उसे ऐसा आभास होने लगता है कि लोग छल-कपट से उसका धन हड़प कर लेना चाहते हैं। इसलिए वह किसी पर भी विश्वास नहीं करता।

ऐसा व्यक्ति यह भूल जाता है कि वह तो उस धन की केवल पहरेदारी ही कर रहा है और उसे अपने जीवन में उससे कोई भी लाभ नहीं मिल रहा है।

लोभ को मन से निकालना बड़ा ही कठिन कार्य है। केवल संतोष की भावना का विकास करके ही इस राक्षस का संहार किया जा सकता है, अन्यथा यह मानव के अंदर कई प्रकार के रोगों को बढ़ाता जाता है।

अपने अंदर संतोष का विकास करने के लिए हमें यह समझना आवश्यक है कि धनलोलुपता कई दुखों का कारण बन जाती है। पहले तो धन की प्राप्ति में कष्ट, मिल जाने पर उसकी रक्षा करने के कष्ट और यदि नष्ट हो जाए, तो फिर कष्ट-ही-कष्ट। इसीलिए रहीम कवि ने कहा है :

गोधन गजधन बाजिधन, और रतन धन खान।
जब आए संतोष धन, सब धन धूरि समान।।

यह बात भी सदा ध्यान में रखनी चाहिए कि संसार में वही लोग अधिक सुखी रहे हैं, जिनके पास धन बहुत अधिक नहीं था। जो जानते थे कि धन बढ़ने के साथ ही परेशानियां भी बढ़ती जाती हैं।

चिंता चिता समान

चिंता को एक चिता के समान माना गया है। जो व्यक्ति सदा चिंतित रहता है, वह अपनी मृत्यु को स्वयं ही बुलावा दे रहा होता है। ऐसा हमारे शास्त्रों ने एवं आधुनिक मनोवैज्ञानिकों ने माना है। भय को चिंता की जननी माना जाता है। कुछ समय पश्चात् यही चिंता तनाव का रूप ले लेती है, जो कई प्रकार के रोगों को जन्म देने लगती है। ये रोग व्यक्ति को अंदर-ही-अंदर से खोखला करके मौत के मुंह में धकेल देते हैं।

दिल का रोग, पेट का अलसर, उच्च रक्तचाप और मधुमेह आदि कई रोग चिंता के कारण ही शरीर के अंदर पनपने लगते हैं। ये रोग ऐसे हैं कि यदि लग जाएं, तो मृत्यु पर्यंत पीछा नहीं छोड़ते।

छल-कपट के कार्य भी चिंता को बढ़ाते हैं, जिसका बाद में बहुत बड़ा मूल्य चुकाना पड़ता है। महाभारत के एक प्रसंग में जब यक्ष ने युधिष्ठिर से पूछा कि आंधी में उड़ने वाले तिनकों से भी अधिक संख्या किसकी होती है? युधिष्ठिर ने उत्तर दिया कि मानव-चिंताओं की। मानव के जो सबसे अधिक भयानक शत्रु माने गए हैं, उनमें चिंता का स्थान काफी ऊपर है।

चिंता से छुटकारा पाने के उपाय

हमारे ऋषि-मुनियों, ज्ञानियों और मनोवैज्ञानिकों ने चिंता से छुटकारा पाने के लिए काफी सुझाव दिए हैं। आप भी यदि चाहें, तो उनसे काफी लाभ उठा सकते हैं।

यदि कोई चिंता आपको बहुत परेशान कर रही हो, तो उस चिंता के विषय में अपने किसी विश्वासपात्र के साथ खुलकर बात कीजिए। उसके आगे अपनी सारी चिंताएं कह डालिए। आप देखेंगे कि ऐसा करते ही आपके मन को एकाएक कुछ आराम-सा अनुभव होने लगेगा और वह अपनी चिंताओं को दूर करने का हल ढूंढ़ने लगेगा।

सभी धर्मों में ईश्वर की प्रार्थना करने को काफी महत्व दिया गया है। इस प्रार्थना का मनोवैज्ञानिक लाभ यह है कि प्रार्थना के दौरान ईश्वर को अपने मन को दुःख देने वाली बातों को बोलकर कह देते हैं, तो उसके बाद हमारा मन काफी शांत हो जाता है और हमें आनंद की अनुभूति होने लगती है।

यदि संभव हो, तो अपनी सभी चिंताओं के कारणों को लिखने का प्रयास कीजिए। ऐसा करने के पश्चात् आपका मन काफी हलका हो जाएगा और आप शांति अनुभव करने लगेंगे। अब आप उन कारणों को दूर करने का भी प्रयास कर सकते हैं।

जीवन में जितनी समस्याएं पैदा होती हैं, उनका या तो कोई-न-कोई हल होता है, या कोई भी हल नहीं होता। जिन समस्याओं का कोई हल

हो, उसे ढूंढ़ने का प्रयास कीजिए। जिनका कोई भी हल न हो, उन्हें ईश्वर के भरोसे छोड़ दीजिए। उनके विषय में व्यर्थ की चिंता करना छोड़ें। चिंताओं से छुटकारा पाने की यह एक रामबाण औषधि है।

इस बात पर भी विचार कीजिए कि जो चिंता आपको बहुत सता रही है, आपके जीवन को दूभर बना रही है, वह अधिक-से-अधिक आपको कितनी हानि पहुंचा सकती है। क्या उसके कारण आपको फांसी की सजा हो सकती है? क्या आपको जेल जाना पड़ेगा? आपको कितनी आर्थिक हानि उठानी पड़ेगी? क्या उससे आपकी सामाजिक प्रतिष्ठा कम हो जाएगी? क्या उससे आपकी नौकरी चली जाएगी? इस तरह के प्रश्न अपने मन से पूछिए। जब आपको इन प्रश्नों का संतोषजनक उत्तर मिल जाए, तो स्वयं से यह पूछिए कि चिंता से होने वाली हानि का अधिक महत्व है या आपके जीवन का अधिक महत्व है। जब आपको इस विचार-मंथन से उचित उत्तर मिल जाएगा, तो चिंता स्वयं ही आपको छोड़कर भाग जाएगी और आप एक नई शांति का अनुभव करने लगेंगे।

जितने भी लोग आपके संपर्क में हों, उन सबमें आप निःस्वार्थ भाव से रुचि लीजिए। उनके लिए आप जो भी कर सकते हों, उसे अवश्य कीजिए। इससे आपका जीवन खुशियों से भर जाएगा और आपको अद्भुत प्रसन्नता का अनुभव होने लगेगा।

यह बात भी सत्य ही है कि निःस्वार्थ भाव से किया गया काम कई गुणा बढ़कर ब्याज सहित वापस आ जाता है। इसलिए ऐसी सेवा को केवल समय नष्ट करना ही नहीं समझ लेना चाहिए।

तनाव सबसे घातक शत्रु

निराशा एवं तनाव पैदा करने वाले कारक

यदि मानव की सभी आवश्यकताएं स्वयं ही पूरी होती जाएं, तो हमारा जीवन बहुत ही सीधे-सादे ढंग से चलता जाए, किंतु ऐसा हो नहीं पाता। मानव को जीवन की आवश्यकताओं को पूरा करने के लिए कई प्रकार की कठिनाइयों का सामना करना पड़ता है। मार्ग में कई प्रकार की रुकावटें खड़ी हो जाती हैं, जिनका संबंध व्यक्ति के व्यक्तिगत जीवन से भी हो सकता है और आसपास के सामाजिक वातावरण से भी। इन बाधाओं के कारण व्यक्ति के जीवन में तनाव की स्थिति पैदा हो जाती है। तनाव को मुख्यतः तीन श्रेणियों में बांटा जाता है।

1. निराशा : जब हम अपने किसी उद्देश्य को पूरा करने में असफल रहते हैं, तो निराश हो जाते हैं। यह निराशा भी कई कारणों से पैदा हो सकती है, जैसे किसी प्रियजन की मृत्यु हो जाना, भेदभाव की स्थिति पैदा हो जाना। पूर्वग्रह को हम वातावरण संबंधी बाधाओं की श्रेणी में रख सकते हैं। शरीर की विकलांगता, स्वयं के अंदर किसी विशेष योग्यता का अभाव, आत्मविश्वास की कमी आदि को व्यक्तिगत जीवन संबंधी कारणों में रखा जा सकता है। व्यक्तिगत जीवन का सामाजिक जीवन के साथ सामंजस्य न हो पाना भी एक कारण है।

2. अंतर्द्वंद्व : मानव जीवन में ऐसे कई अवसर आते हैं, जब किसी व्यक्ति को दो मुख्य एवं महत्वपूर्ण बातों में से किसी एक का चुनाव करना होता है और दोनों ही बातें उसके जीवन को प्रभावित करने वाली होती हैं। ऐसी अवस्था में व्यक्ति एक अनिश्चय की स्थिति में फंस जाता है। उसके लिए सांप और छछूंदर जैसी स्थिति पैदा हो जाती है। ठीक से निश्चय न कर पाने के कारण व्यक्ति के अंदर अंतर्द्वंद्व की स्थिति पैदा हो जाती है, उससे फिर तनाव पैदा होने लगता है।

जब किसी व्यक्ति को अपने सिद्धांतों को त्यागकर कोई कार्य करना पड़ता है, तो उससे भी अंतर्द्वंद्व की स्थिति उत्पन्न हो जाती है।

यदि एक साथ दो नौकरियों का नियुक्ति-पत्र प्राप्त हो जाए और दोनों ही नौकरियां महत्वपूर्ण हों, तो ऐसी अवस्था में व्यक्ति दुविधा में फंस जाता है।

यदि व्यक्ति को कोई ऐसा कार्य करना पड़े, जिसे करने से उसे घृणा हो, तो ऐसे में भी व्यक्ति के सामने अंतर्द्वंद्व की स्थिति पैदा हो जाएगी, जिससे तनाव बढ़ने लगेगा।

3. बाह्य दबाव की स्थिति : यदि कोई काम केवल बाह्य दबाव के कारण ही करना पड़े, तो उस अवस्था में भी तनाव की स्थिति पैदा हो जाती है। कई बार बाह्य दबाव के कारण व्यक्ति को कोई कार्य अधिक तेजी से करना पड़ता है या फिर उसे अपने उद्देश्य में बदलाव लाना पड़ता है। इससे भी व्यक्ति तनावग्रस्त हो जाता है।

तनाव की तीव्रता के लक्षण

तनाव की तीव्रता का अनुमान इस बात से लगाया जा सकता है कि तनाव की स्थिति में शरीर के विभिन्न अंगों पर कितना और कैसा प्रभाव पड़ता है।

तनावग्रस्त होने पर भूख लगना कम हो जाती है, क्योंकि उस अवस्था में पाचन-तंत्र ठीक से कार्य नहीं कर पाता।

यह इस बात पर भी निर्भर करता है कि तनाव की स्थिति में व्यक्ति स्वयं को कितना और कैसे समायोजित कर सकता है।

तनाव के कारण शरीर के अंदर जो विषैले तत्व पैदा होते हैं, शरीर के प्रतिरोधी अवयव उनका सामना कैसे और कितना कर पाते हैं। यह इस बात पर भी निर्भर करता है कि उस तनाव के प्रति व्यक्ति का स्वयं का दृष्टिकोण क्या है और तनाव की स्थिति को वह किस रूप में स्वीकार कर रहा है। जैसे तलाक होने से एक व्यक्ति तो तनावग्रस्त हो सकता है, जबकि दूसरा उससे प्रसन्न और तनावमुक्त भी हो सकता है।

तनाव को प्रभावित करने वाले विशेष तत्व

प्रत्येक व्यक्ति के जीवन में कुछ-न-कुछ तत्व ऐसे होते हैं, जो तनाव की स्थिति को प्रभावित करते रहते हैं। जैसे किसी प्रियजन की मृत्यु, तलाक, कोई गंभीर रोग और नौकरी छूट जाना कुछ ऐसी बातें हैं, जो बहुत अधिक तनाव पैदा कर सकती हैं। जैसे-जैसे तनाव की अवधि बढ़ती जाती है, उसकी तीव्रता भी बढ़ती जाती है। कई बार ऐसे हालात भी पैदा हो जाते हैं, जब तनाव वाली कई स्थितियां एक साथ ही पैदा हो जाती हैं। जैसे एक साथ कोई गंभीर रोग लग जाना, नौकरी छूट जाना और साथ ही किसी प्रियजन की मृत्यु हो जाना। ऐसी अवस्थाओं में तनाव की तीव्रता और भी अधिक बढ़ जाती है।

कुछ प्रवृत्तियां ऐसी होती हैं, जो कम तनाव पैदा करती हैं, कुछ तनाव बढ़ा देती हैं। इनके आपस में मेल से भी तनाव घटता-बढ़ता रहता है। कभी-कभी ऐसी स्थिति भी उत्पन्न हो जाती है, जब व्यक्ति को अपने आत्मसम्मान एवं सामाजिक मान्यता में से किसी एक को चुनना होता है। उस समय भी तनाव अप्रत्याशित रूप से जकड़ लेता है।

कुछ तनाव ऐसे भी होते हैं, जो समय विशेष में प्रबल हो जाते हैं, जैसे परीक्षा के दिनों में परीक्षा का तनाव।

कुछ समस्याएं ऐसी होती हैं, जिनकी पहले से कोई आशंका नहीं होती। वे अचानक पैदा हो जाती हैं। इससे भी तनाव पैदा होता है। जैसे कोई दुर्घटना हो जाना, नौकरी से निकाल दिया जाना, कोई बुरी सूचना मिल जाना और किसी संक्रामक रोग का फैलना ऐसी ही बातें हैं।

तनाव का मूल्यांकन सही क्यों नहीं ?

कुछ कारण ऐसे भी हैं, जब व्यक्ति तनाव की अवस्था का सही-सही मूल्यांकन नहीं कर पाता, जैसे किसी पूर्वग्रह के कारण, समय के दबाव के कारण, भावात्मक लगाव के कारण मूल्यांकन करने में कठिनाई आती है।

तनाव का सामना करने की क्षमताओं में अंतर

तनाव का सामना करने की क्षमता इस बात पर निर्भर करती है कि व्यक्ति किसी तनावपूर्ण स्थिति को किस रूप में स्वीकार कर रहा है। एक जैसी स्थिति किसी में अधिक तनाव पैदा कर सकती है और किसी में कम। यह इस बात पर निर्भर करता है कि व्यक्ति अपने मन में उस स्थिति का मूल्यांकन किस प्रकार करता है।

यह इस बात पर भी निर्भर करता है कि उस तनावपूर्ण स्थिति का व्यक्ति के जीवन पर क्या प्रभाव पड़ेगा? क्या तनाव से उसके शरीर के किसी अंग पर प्रभाव पड़ेगा? क्या उसके सम्मान में कोई कमी आएगी? क्या उसकी नौकरी खतरे में पड़ जाएगी? क्या उसको जेल जाना पड़ेगा? क्या उसके आत्मसम्मान को कोई चोट पहुंचेगी? ये और ऐसी न जाने कितनी स्थितियां व्यक्ति को तनावग्रस्त कर देती हैं।

तनाव को सहन कर सकने की उसमें कितनी क्षमता है, यह इस बात पर निर्भर करता है कि व्यक्ति के अपने शरीर की बनावट, प्राप्त किए गए अनुभव, उसकी शिक्षा और उसका सामाजिक वातावरण कैसा है।

तनाव में बाह्य सहायता का प्रभाव

कई स्थितियों में बाह्य सहायता से तनावपूर्ण स्थिति का सामना करने में काफी सहायता मिल जाती है। जैसे किसी प्रियजन की मृत्यु हो जाने पर संबंधी एवं मित्र लोग आकर जब संवेदना प्रकट करते हैं, या आर्थिक सहायता करते हैं, ऐसी स्थिति में व्यक्ति के अंदर उस तनावपूर्ण स्थिति को झेलने की क्षमता बढ़ जाती है। दूसरी ओर यदि ऐसी स्थिति में व्यक्ति अकेला और अलग-थलग हो, तो उसकी तनावपूर्ण स्थिति और भी अधिक भयंकर रूप धारण कर सकती है।

तनाव प्रतिक्रिया कैसे?

तनावपूर्ण स्थिति में लोग कई प्रकार से प्रतिक्रिया व्यक्त करते हैं, जो निम्न प्रकार है :

- कुछ लोग ऐसी स्थिति में जोर-जोर से रोने लगते हैं।
- कुछ लोग एक ही बात को बार-बार दोहराने लगते हैं।
- कुछ लोग जोर-जोर से हंसकर उस स्थिति को नकारने का प्रयास करने लगते हैं।
- कुछ लोग दूसरे लोगों से मार्गदर्शन मांगने लगते हैं।
- कुछ लोग रात को भयानक स्वप्न देखने लगते हैं।

संकटपूर्ण क्षणों का तनाव पर प्रभाव

कई तनाव ऐसे होते हैं, जो काफी समय तक जीवन में चलते रहते हैं, जैसे कोई अरुचिकर नौकरी मिल जाना, ऐसी शादी जिसमें पति-पत्नी में सदा झगड़ा चलता रहे, कोई गंभीर बीमारी या विकलांगता आ जाए।

जीवन में अनेक बार कई प्रकार की संकटपूर्ण स्थितियां सामने आ जाती हैं, जैसे तलाक के समय, नौकरी छूट जाने के समय, कभी ऐसी विषम स्थितियां भी बन जाती हैं कि व्यक्ति उनसे बचने के लिए आत्महत्या तक करने की सोचने लगता है।

तनाव का आकार बदलना

प्रत्येक व्यक्ति अपने-अपने ढंग से तनाव की स्थिति को स्वीकारता है और अपने तरीके से ही उस स्थिति को सामना करता है। इसलिए तनाव का रूप सदा बदलता रहता है। व्यक्ति की आयु, लिंग, व्यवसाय, सामाजिक स्तर, व्यक्तित्व, गुण, पारिवारिक स्थिति आदि कारक तनाव के रूप को प्रभावित करते रहते हैं।

समय के परिवर्तन के साथ भी इनमें बदलाव आता रहता है। जो तनाव कोई आज झेल रहा हो, उसकी स्थिति एक सप्ताह बाद या एक माह बाद आज से काफी बदली हुई अवस्था में होगी।

तनाव कभी भी अकेला कार्य नहीं करता। कई प्रकार के तनाव आपस में एक साथ मिलकर कार्य करते हैं।

तनाव का शरीर पर प्रभाव

जब तनाव की तीव्रता अधिक होती है, तो शरीर के वे भाग प्रभावित होने लगते हैं, जो सबसे अधिक दुर्बल होते हैं।

तनाव के कारण शरीर की विषाणुओं से लड़ने की क्षमता कम हो जाती है। इसके साथ ही व्यक्ति के सोचने-विचारने की क्षमता भी कम हो जाती है। स्थिति के अनुसार स्वयं को बदल लेने की क्षमता भी कम हो जाती है।

यदि कोई व्यक्ति मंच पर जाकर बोलने से घबराता हो, तो वह मंच पर ठीक से बोल नहीं पाएगा। जो छात्र परीक्षा से घबराता रहेगा, वह ठीक से परीक्षा नहीं दे पाएगा। भय, क्रोध और चिंता में व्यक्ति की कार्यकुशलता बहुत प्रभावित हो जाती है।

शरीर में तनाव बरकरार रहने से शरीर के अंदर के अंगों की कार्यक्षमता भी प्रभावित हो जाती है। रोगों से लड़ने की क्षमता भी कम हो जाती है। जब अंदर के अंगों पर दबाव बना रहेगा, तो पेट में अलसर पैदा हो सकता है, रक्तचाप बढ़ सकता है, दिल के रोग लग सकते हैं या कोई अन्य रोग भी हो सकता है।

बहुत अधिक तनाव की स्थिति में रक्त में कुछ रासायनिक परिवर्तन होने लगते हैं, जो दिमाग की कार्य करने की क्षमता को प्रभावित करते जाते हैं। इससे व्यक्ति न ठीक ढंग से सोच-विचार कर पाता है और न ही अनुभव कर पाता है।

तनाव की स्थिति से सामंजस्य

मानव शरीर की रचना इस प्रकार हुई है कि बाहर के विषाणुओं से लड़ने की क्षमता शरीर के अंदर ही बना दी गई है। व्यक्तिगत एवं मनोवैज्ञानिक स्तर पर भी व्यक्ति कई ऐसी क्षमताएं प्राप्त कर लेता है। सामाजिक स्तर पर भी वह संगठन बनाकर कई प्रकार के तनावों का

सामना करता है। दफ्तरों, कारखानों आदि में बनाई जाने वाली यूनियनें कुछ ऐसे ही प्रयास हैं।

यदि वह किसी भी स्तर पर ऐसा करने में असफल रहता है, तो सभी क्षेत्रों में उसकी क्षमता पर इसका दुष्प्रभाव पड़ने लगता है। यदि वह मानसिक स्तर पर असफल हो जाता है, तो उसे अलसर रोग लग सकता है, जो पाचन क्रिया में गड़बड़ी के कारण पैदा हो जाता है।

यह बात भी ध्यान में रखनी आवश्यक है कि सभी प्रकार की समायोजित क्रियाओं में व्यक्ति को बार-बार अपनी इंद्रियों, नर्वस-सिस्टम, मांसपेशियों और दूसरी ग्रंथियों का सहारा लेना पड़ता है। जब वह इनका उपयोग सही ढंग से नहीं कर पाता, तो उसे इनसे ही संबंधित कोई-न-कोई रोग लग जाता है।

यह बात भी ध्यान में रखनी चाहिए कि शरीर के अंदर का जो भी भाग सबसे दुर्बल होगा, वही सबसे अधिक प्रभावित होगा।

जब कोई सैनिक युद्ध की स्थिति में होता है, तो उसकी सबसे प्रमुख प्राथमिकता स्वयं को जीवित रखने की होती है। उस स्थिति में उसकी पाचन क्रिया एवं दूसरी अन्य क्रियाएं, जो आत्मरक्षा में सहायक नहीं होतीं, अपना कार्य बंद कर देती हैं या धीमा कर देती हैं। मांसपेशियों की सक्रियता बढ़ाने के लिए शरीर के अंदर जाम शक्कर खून में मिलने लग जाती है। एड्रीनल नामक हारमोन भी अधिक मात्रा में बनने लगता है। एड्रीनल ही शरीर को तनाव सहन करने की क्षमता प्रदान करता है। अतः उसकी सक्रियता परम आवश्यक है।

ये सभी क्रियाएं शरीर में स्वयं ही होने लगती हैं। व्यक्ति को तो इसकी जानकारी ही नहीं हो पाती। शरीर के अंदर की ये क्रियाएं इस तरह होती हैं कि शरीर को कम-से-कम हानि पहुंचे।

कुछ लोग तनाव की अवस्था में एक ही बात को बार-बार दोहराने लगते हैं। कुछ लोग जोर-जोर से रोने लगते हैं। इसकी कोई योजना नहीं बनानी पड़ती। तनाव की मात्रा को घटाने के लिए ऐसी क्रियाएं स्वयं ही होने लगती हैं। इन स्वतः स्फूर्त क्रियाओं से सचमुच जो विश्रांति मिलती है, वह तन-मन को सशक्त बनाती है।

तनाव और व्यवहार पर भावनाओं का प्रभाव

निराशा की अवस्था में व्यक्ति को क्रोध आने लगता है। यदि दूसरा व्यक्ति उसके मार्ग में कोई बाधा पहुंचाने का प्रयास कर रहा हो, तो क्रोध की अवस्था में उस पर आक्रमण भी कर सकता है। यदि निराशा फिर भी जारी रहती है, तो वही क्रोध बाद में शत्रुता का रूप भी ले लेता है।

जब व्यक्ति स्वयं को किसी संकट में पाता है, तो उसके मन में भय की भावना पैदा होती है। उस अवस्था में या तो वह आक्रमण कर देता है या स्वयं को उससे अलग कर लेता है। बहुत अधिक खतरे की अवस्था में व्यक्ति कई बार इतना अधिक भयभीत हो जाता है कि वह जड़वत स्थिति में आ जाता है। उसके शरीर के अंग एकदम से कार्य करना बंद कर देते हैं।

जब किसी व्यक्ति को कहीं से धमकी मिलती है, तो उसके अंदर भय और चिंता पैदा हो जाते हैं। भय, क्रोध और चिंता अलग-अलग रूपों में भी प्रकट होते हैं और एक साथ मिलकर भी। किंतु जब भय पैदा होता है, तो क्रोध अवश्य आता है। आक्रमण या निष्क्रमण, लड़ना या भाग जाना ये तनाव की स्थिति का सामना करने के मुख्य अंग हैं।

किंतु जब व्यक्ति किसी स्थिति का सामना करने की अपेक्षा वहां से दूर भागकर छिप जाए, तो उससे मन में भय की भावना पैदा हो जाती है। वह आतंकित हो जाता है। वह भावना कई प्रकार के असामान्य व्यवहारों को जन्म देने लगती है।

तनाव कम करने के मुख्य उपाय

कोई भी व्यक्ति तनाव में नहीं रहना चाहता। अपने तनाव को कम करने के लिए लोग कई उपायों का सहारा लेते हैं। कुछ मुख्य उपाय निम्न हैं :

1. समझौता : कुछ लोग ऐसे भी होते हैं, जो तनावपूर्ण स्थिति से समझौता कर लेते हैं। यदि कोई भूख से मर रहा हो, तो वह अपनी आत्मा से समझौता कर लेता है और भोजन चुराकर खा लेता है या ऐसी वस्तुएं भी खा लेता है, जो पहले धर्म या किसी बंधन के कारण उसने कभी

न खाई हो। इस समझौते के कारण वह अपने जीवन के उद्देश्यों और मूल्यों में भी परिवर्तन कर सकता है। इस तरह वह समझौता करके तनावपूर्ण स्थिति को आसानी से झेल लेता है।

2. सुरक्षात्मक उपाय : इन उपायों में व्यक्ति चीखने-चिल्लाने और अपनी बात को बार-बार दोहराने लगता है या फिर शोक व्यक्त करने लगता है। ऐसे उपायों से वह अपने तनाव को कम करने का प्रयास करता है। इससे व्यक्ति को अपना मन शांत करने में काफी सहायता मिल जाती है।

3. आत्मसंतुष्टि संबंधी उपाय : कुछ उपाय ऐसे हैं, जिनका संबंध आत्मसंतुष्टि से जुड़ा होता है। व्यक्ति अपनी आत्मसंतुष्टि के लिए यह मानने लगता है कि कोई तनावपूर्ण स्थिति है ही नहीं। ऐसी कष्टदायक स्थिति के बारे में बात करने से भी इंकार कर देता है।

यदि फिर भी उसे ऐसी स्थिति का सामना करना ही पड़ जाए, तो उससे बचने के लिए एकदम बेहोश हो जाएगा। ऐसा व्यक्ति हर प्रकार की आलोचना को भी नकार देता है। यह कहकर अपने मन को समझा लेता है कि वह शादी इसलिए नहीं कर रहा है, क्योंकि उसके पास शादी के झंझट में पड़ने और बच्चे पालने के लिए समय ही नहीं है। अंगूर वह इसलिए नहीं खा रहा है, क्योंकि वे खट्टे हैं।

निराशा की भावना से बचने के लिए वह कल्पनाओं का सहारा लेने लगता है। कल्पनाओं में ही वह अपनी कई इच्छाओं की पूर्ति कर लेता है। कल्पना में वह प्रधानमंत्री भी बन जाता है और अपने दुख भरे अनुभवों को मन के अंदर ही दबाए रखता है, उनको बाहर आने का अवसर ही नहीं देता।

4. युक्तिपूर्ण व्याख्या : कुछ लोग स्वयं के तर्कों द्वारा ही ऐसी अवस्था को न्यायोचित ठहरा देते हैं। जैसे दुख की स्थिति में कई लोग यह कह देते हैं कि वे अपने पिछले जन्म के पापों का फल भोग रहे हैं या भगवान

उनके धैर्य की परीक्षा ले रहा है। ऐसी भावना मन में विकसित कर लेने से उनके मन का संताप काफी कम हो जाता है।

5. अपनी असफलताओं का दोष दूसरों के सिर मढ़ना : कई लोग अपनी असफलताओं का दोष दूसरों के सिर मढ़ देते हैं और इस तरह अपने मन का संताप कम कर लेते हैं। फेल होने वाले विद्यार्थी यह कहेंगे कि अध्यापक ने जान-बूझकर उन्हें फेल कर दिया या उनके पेपरों की जांच ही ठीक ढंग से नहीं की गई। कई लोग इसका दोष अपने भाग्य को देने लगते हैं।

6. प्रतिरोधी इच्छाओं का ढोंग : कुछ लोग अपनी दूषित इच्छाओं को छिपाने के लिए प्रतिरोधी इच्छाओं का ढोंग करने लगते हैं। जैसे घृणा की स्थिति छिपाने के लिए प्यार का, अपनी क्रूरता को छिपाने के लिए दयालुता का ढोंग करने लगते हैं। वे अपने मन में स्वयं ही प्रतिरोधी दीवार बनाकर उस स्थिति का सामना करने का प्रयास करते हैं।

यह भी देखने में आता है कि जो लोग शराब, जुआ और व्यभिचार का जोरदार ढंग से विरोध करते हैं, वे वास्तव में अपने जीवन में उन स्थितियों में रह चुके होते हैं। वे ऐसा इसलिए करते हैं, ताकि उनके मन में फिर से वे भावनाएं कहीं पैदा न हो जाएं। उस स्थिति से स्वयं को बचाने के लिए ही वे ऐसा जोरदार विरोध करते हैं।

7. बाहर का क्रोध घर में : कुछ लोग ऐसे भी होते हैं, जो अपना बाहर या कार्यालय का सारा गुस्सा घर आकर अपनी पत्नी या बच्चों पर उतार देते हैं। इसके लिए वे कोई-न-कोई बहाना ढूंढ़ लेते हैं, जैसे पत्नी को यह कहकर डांट देंगे कि आज खाना दो मिनट लेट क्यों दिया या चाय में चीनी कम क्यों डाली?

8. आलोचना : कुछ लोग दूसरों की तीखी आलोचना करके या उनके बारे में अभद्र बातें कहकर अपने अंदर का क्रोध और तनाव बाहर निकाल देते हैं। ये सब अपने मन का विरोध प्रकट करने के ढंग हैं।

9. भाग्य के भरोसे छोड़ देना : कुछ लोग ऐसी स्थिति से बचने के लिए सभी बातों के परिणाम अपने भाग्य के भरोसे छोड़ देते हैं। वे यह कहकर मन को समझा लेते हैं कि यदि भगवान ने चाहा, तो मुझे सफलता अवश्य मिलेगी या हो सकता है कि इस असफलता में भी मेरी कोई भलाई छिपी हुई हो। इस प्रकार वे असफलता से होने वाली पीड़ा से स्वयं को बचा लेते हैं।

10. तर्कों की सहायता : कुछ लोग तर्कों की सहायता से स्वयं को दुखदायी स्थिति से बचाने का प्रयास करते हैं। किसी प्रियजन की मृत्यु हो जाने पर यह तर्क देंगे कि वह व्यक्ति हर प्रकार के सुख भोगकर मृत्यु को प्राप्त हुआ है। अमुक व्यक्ति की मृत्यु बहुत ही शुभ घड़ी में हुई है, इसलिए वह सीधा स्वर्गलोक ही जाएगा।

11. पश्चाताप : कुछ लोग पश्चाताप करके अपनी पीड़ादायक स्थिति में स्वयं को बचाने का प्रयास करते हैं। अपना अपराध स्वीकार कर लेना और दूसरों को क्षमा कर देना इसी श्रेणी में आता है। इस दृष्टिकोण से व्यक्ति को अपराधबोध से छुटकारा मिल जाता है।

12. विरोध : जब घर में किसी बच्चे का जन्म होता है, तो उससे बड़े बच्चे की ओर से सबका ध्यान हट जाता है। बड़ा बच्चा सबका ध्यान अपनी ओर बनाए रखने के लिए रात को बिस्तर में पेशाब करने लगता है। जब कभी नई दुलहन रूठ जाती है, तो अपने मायके चली जाती है ताकि सभी का ध्यान उसी की ओर केंद्रित रहे। ऐसे करके वह अपने तनाव को कम करने का प्रयास करती है।

13. नई स्थिति का स्वीकार : कुछ लोग हालात बदल जाने पर नए हालात से समझौता कर लेते हैं और उसे ही सही मानने लगते हैं। इस प्रकार से वे तनाव की स्थिति से स्वयं को बचा लेते हैं। जब भारत में आपात्काल लगा दिया गया था, तो बहुत से लोग उस स्थिति को सही कहने लगे थे।

14. विशेष गुण पैदा करके : कुछ लोग स्वयं को किसी हीन भावना से बचाने के लिए अपने अंदर कोई विशेष गुण पैदा कर लेते हैं, ताकि लोगों का ध्यान उस गुण की ओर ही जाए, उसके अवगुण की ओर नहीं। जो लोग देखने में सुंदर नहीं लगते, वे अपने व्यक्तित्व को आकर्षक बनाने का प्रयास करते हैं। अपनी कुरूपता को छिपाने के लिए सौंदर्य प्रसाधनों का प्रयोग करते हैं। बुढ़ापे को छिपाने के लिए बाल काले करने का भी यही कारण है।

15. तोड़-फोड़ : कुछ लोग अपने क्रोध को तोड़-फोड़ करके प्रकट करते हैं। आग लगाना भी इसी श्रेणी में आता है। कारों, बसों को फूंक देना, घरों के शीशे तोड़ देना ये सभी क्रोध प्रकट करने के ढंग हैं।

आत्मसंतुष्टि के लिए जो भी उपाय अपनाए जाते हैं, वे सब मिला-जुलाकर ही अपनाए जाते हैं, अकेले नहीं। ये सभी अंदर के तनाव को कम करने, चिंता दूर करने एवं स्वयं को हीनता और भय से बचाने के लिए किए जाते हैं। यह सारे कार्य स्वयमेव एक आदत की तरह होते रहते हैं। इसके लिए व्यक्ति को कोई प्रयास नहीं करना पड़ता। ये सभी व्यक्ति के सीखे हुए प्रयास ही होते हैं।

यदि तनावपूर्ण स्थिति में रहते हुए, व्यक्ति के मन में सदा चिंता की भावना भरी रहे, पेट में गड़बड़ होती रहे, शरीर की कार्य करने की क्षमता कम हो जाए, तो समझ लेना चाहिए कि व्यक्ति ने अपनी तनावपूर्ण स्थिति का ठीक से समायोजन नहीं किया है। यह भी हो सकता है कि उस व्यक्ति को तनावपूर्ण स्थिति से बचने की पूरी जानकारी ही न हो। अतः स्वस्थ रहने के लिए यह आवश्यक है कि आप स्वयं को तनावपूर्ण स्थिति से बाहर निकालते रहें।

पारिवारिक अशांति अशुभ

आज मानव को सुख-प्राप्ति की हर प्रकार की सुविधाएं उपलब्ध हैं। उन सुख-सुविधाओं को भोगने के साधन भी प्रचुर मात्रा में उपलब्ध हैं, फिर भी मानव मानसिक शांति की अपेक्षा अशांति ही अधिक अनुभव कर रहा है। उन्नत देशों के लोग तो और भी अधिक अशांति अनुभव कर रहे हैं। पारिवारिक अशांति भी दिनों-दिन बढ़ती ही जा रही है। बहुत कम परिवार ही ऐसे हैं कि जहां पति-पत्नी दोनों में पूरा सामंजस्य और सूझ-बूझ होती है। किसी परिवार में पत्नी बहुत कर्कशा होती है, कहीं पति बहुत झगड़ालू स्वभाव का होता है। पति-पत्नी दोनों स्वयं को अधिक समझदार दिखाने का प्रयास प्रायः करते ही रहते हैं।

कहीं-कहीं तो दोनों के अहम् का टकराव इतना अधिक बढ़ जाता है कि तलाक तक की नौबत आ जाती है। कहीं पत्नी पति के हर काम की आलोचना करती रहती है, तो कहीं पति अपनी पत्नी के। इसी प्रकार से परिवार की गाड़ी चलती रहती है और सारी आयु रोते-पीटते बीत जाती है।

परिवार में सुख-शांति का अनुभव तभी किया जा सकता है, जब पति-पत्नी दोनों एक-दूसरे को उचित आदर सम्मान दें और आपस में सामंजस्य बनाए रखें। इसके लिए यह आवश्यक है कि दोनों ही एक-दूसरे के अच्छे कामों की प्रशंसा करें, एक-दूसरे के प्रति शिष्टाचार का पालन करें। शिष्टाचार एक ऐसा तेल है, जो परिवारिक संबंधों को जंग लगने से बचाता रहता है।

दोनों को एक-दूसरे की ओर ध्यान भी अवश्य देना चाहिए। केवल इतना कहकर ही कि यह काम मेरा नहीं, तुम्हारा है, अपना पिंड नहीं छुड़ा लेना चाहिए। प्रत्येक काम में जितना भी संभव हो सके, एक-दूसरे की सहायता करनी चाहिए। ऐसा दृष्टिकोण रखने से किसी को भी अपना काम बोझिल प्रतीत नहीं होगा।

अच्छे कामों की प्रशंसा एक ऐसा महामंत्र है, जो कभी भी फेल नहीं होता है। इस मंत्र का प्रयोग कर आप किसी को भी अपने अनुकूल बना सकते हैं।

इस बात का ध्यान रखना भी बहुत आवश्यक है कि प्रशंसा और चापलूसी में बहुत अंतर होता है। प्रशंसा वह होती है, जो किसी के वास्तविक गुणों के लिए की जाती है। चापलूसी वह होती है, जो किसी कार्य विशेष की स्वार्थसिद्धि के लिए की जाती है। इसमें उस व्यक्ति में वह गुण भी दिखा दिया जाता है, जो वास्तव में उसके अंदर होता ही नहीं। दूसरे की बुराई को भी अच्छाई के रूप में दिखाया जाता है।

आपसी सूझ-बूझ और समझदारी से ही परिवार को स्वर्ग बनाया जा सकता है। छोटी-छोटी बातों को ही अपने सम्मान का प्रश्न नहीं बनाना चाहिए। दूसरे की कठिनाइयों और विवशताओं को भी समझना चाहिए। पारिवारिक शांति बनाए रखने के लिए कबीर की यह उक्ति बहुत ही महत्वपूर्ण है :

एक ने कही, दूसरे ने मानी,
कहे   कबीर   दोनों   ज्ञानी।

ताने मारना पारिवारिक जीवन में विष

संसार में कई परिवार इसलिए अशांत बने रहते हैं, क्योंकि उनमें पति या पत्नी या दोनों एक-दूसरे पर ताने कसते या मिथ्यारोपण करते रहते हैं। मिथ्यारोपण से दूसरे व्यक्ति के अहम् को जो चोट पहुंचती है, उसका अनुमान या तो वे लगा ही नहीं पाते या फिर दूसरे के अहम् को चोट पहुंचाने के लिए ऐसा जान-बूझकर करते हैं। इस तरह वे पारिवारिक जीवन में

विष घोलते जाते हैं, जो पति-पत्नी में होने वाली बीमारियों के रूप में प्रकट होता है।

ताने कसना तो बहुत ही आसान है, किंतु उसके प्रभाव को जान लेना काफी कठिन है। यह व्यवहार तलाक तक की भी नौबत ले आता है और किसी भी परिवार को नरक में धकेल देता है। दूसरों के सामने पति और पत्नी को एक-दूसरे के दोष कभी भी नहीं निकालने चाहिए।

इतिहास में ऐसे कई महापुरुषों की जीवनियां भरी पड़ी हैं, जिन्हें केवल मिथ्यारोपण के कारण ही कई प्रकार के कष्ट झेलने पड़े। विश्व प्रसिद्ध लेखक लियो टालस्टॉय ने एक ऐसी पत्नी पाई थी, जिसने उनका जीवन नरक बना दिया था। सर्दी की एक रात, टालस्टॉय को पत्नी के तानों से तंग आकर घर से भागना पड़ा। ठंड लगने से उन्हें निमोनिया हो गया। एक स्टेशन के प्लेटफॉर्म पर ही विश्व के इस महान लेखक की मृत्यु हो गई। पाठक जानना चाहेंगे कि इस महान लेखक की अंतिम इच्छा क्या थी? उनकी अंतिम इच्छा थी कि उनकी मृत्यु के पश्चात् पत्नी को उनके शव को हाथ न लगाने दिया जाए।

वह महान लेखक जिसने अपनी पुस्तकों से सारे संसार को झकझोर कर रख दिया था। वह अपनी पत्नी के ताने कसने के व्यवहार से इस प्रकार परेशान हो उठा कि उसका अंत समय भी अस्वाभाविक रूप से गुजरा।

टालस्टॉय को त्यागमय जीवन की बातें सुहाती थीं, किंतु पत्नी हर प्रकार की सुख-सुविधाएं और धन संपत्ति पाना चाहती थी। वह हर समय टालस्टॉय पर कटाक्ष और मिथ्यारोपण करती रहती। उसकी यह इच्छा बनी रहती थी कि टालस्टॉय उसे अधिक-से-अधिक धन कमाकर दें, जबकि टालस्टॉय अपने धन का उपयोग लोकहित में करना चाहते थे। दूसरों पर कटाक्ष करने और झूठे आरोप लगाते रहने के परिणाम कभी भी अच्छे नहीं होते।

संत तुकाराम की पत्नी भी बहुत ही झगड़ालू और कर्कशा थी। सारा दिन तुकाराम पर कटाक्ष करती रहती कि वह निखट्टू है, कुछ काम नहीं करते। पत्नी के तानों से बचने के लिए ही उन्होंने अपना सारा ध्यान ईश्वर-भक्ति में लगाया।

अब्राहम लिंकन की कहानी भी कुछ ऐसी ही थी। जिस स्त्री से उन्होंने विवाह किया, वह बहुत ही घमंडी और तेज स्वभाव की थी। सारा दिन अब्राहम पर कटाक्ष करती और प्रत्येक काम में दोष निकालती रहती। उसे अब्राहम की कोई बात पसंद नहीं थी। वह अब्राहम पर इतने जोर से चीखती कि आसपास के सभी घरों में उसकी आवाज सुनी जा सकती थी। जब शब्दों से उसका काम न चलता, तो वह अब्राहम पर कोई-न-कोई वस्तु उठाकर फेंक देती। एक पार्टी में तो उसने अब्राहम के सिर पर चाय का कप ही उलट दिया था, क्योंकि वह उसके शब्द-बाणों का कोई उत्तर नहीं दे रहे थे।

इसी प्रकार के कई दृश्य हमें अपने पास-पड़ोस में या स्वयं अपने ही घर में प्रायः देखने को मिलते रहते हैं।

यदि पति-पत्नी थोड़ी समझदारी से काम लें और दोनों ही एक-दूसरे के अहम् की तुष्टि करते जाएं, तो ऐसी समस्याएं पैदा ही नहीं होतीं। व्यक्ति स्वयं को श्रेष्ठ दिखाने या सिद्ध करने के लिए ही दूसरों पर कटाक्ष करता है।

जब व्यक्ति परिवार में किसी भी बात को सम्मान का प्रश्न न बनाकर समझदारी से उस समस्या को सुलझा लेता है, तो परिवार में सुख-शांति बढ़ने लगती है और मानसिक तनाव की स्थिति नहीं बनती है।

शंका पारिवारिक संबंधों में घुन

कुछ लोग स्वभाव से ही बहुत शंकालु होते हैं। इस स्वभाव के कारण न तो वे स्वयं ही सुखी रह पाते हैं और न दूसरों को सुखी रहने देते हैं। हर बात में शंका करना उनकी आदत बन जाती है, जिससे मानसिक शांति उनसे दूर भाग जाती है।

मनोवैज्ञानिकों ने यह पता लगाया है कि अवचेतन मन में छिपा हुआ अज्ञात भय ही शंका का कारण होता है, जो व्यक्ति को कभी भी चैन नहीं लेने देता और जिसे वह शंका के रूप में प्रकट करता रहता है। जब तक अवचेतन मन में छिपे भय का पता लगाकर उसे दूर न कर दिया जाए, तब तक व्यक्ति के शंकालु स्वभाव को बदला नहीं जा सकता। यह बहुत ही कठिन कार्य है। इसीलिए तो कहा जाता है कि शंका का इलाज तो हकीम लुकमान के पास भी नहीं था।

साधारण शंका करना तो बुद्धिमत्ता का लक्षण है, किंतु असाधारण शंका केवल एक मानसिक रोग ही है।

यदि पति को पत्नी पर या पत्नी को पति पर शंका होने लगे, तो पूरे परिवार का सुख-चैन नष्ट हो जाता है। शंकालु व्यक्ति का व्यवहार असामान्य हो जाता है। कुछ शंकालु व्यक्तियों को तो ऐसा लगने लगता है कि उनके भोजन में विष मिलाकर दिया जा रहा है या उनके विरुद्ध कोई षड्यंत्र रचा जा रहा है अथवा हानि पहुंचाने का प्रयास किया जा रहा है।

ऐसा शंकालु व्यक्ति कभी भी मानसिक शांति नहीं पा सकता। वह सदा अशांत ही बना रहता है और उसे कोई-न-कोई मानसिक रोग अवश्य लग जाता है। इसीलिए कहा जाता है कि शंका एक ऐसा भ्रम का रोग है, जो सीधा मन को लगता है और व्यक्ति के सुखी जीवन को नष्ट कर देता है। यदि पति या पत्नी को एक-दूसरे के प्रति कोई शंका लग जाए, तो घर ही चौपट हो जाता है।

शंका सामाजिक संबंधों में भी बहुत बाधा पहुंचाती है। मित्रता जैसे संबंधों को भी एकदम से बिगाड़ देती है। कुछ लोग अपना कोई स्वार्थ पूरा करने के लिए भी दूसरे के मन में शंका के बीज बो देते हैं। शंका किसी गलतफहमी से भी पैदा हो सकती है।

व्यक्ति स्वयं आत्मविश्लेषण करके ही इसे कम कर सकता है एवं भगा सकता है। अधिकतर शंकाएं व्यक्ति की अपनी गलत धारणा के कारण ही पैदा होती हैं।

सास-बहू के झगड़ों से अशांति

सास-बहू का झगड़ा भी कई घरों में मानसिक तनाव का कारण बना रहता है और घर के वातावरण को बोझिल बनाकर शांति भंग किए रखता है। इन दो पाटों के बीच में बेचारा बेटा पिसता रहता है। बहू की बात मान ले तो मां रूठ जाती है और मां की बात मान ले तो बहू रूठ जाती है। ऐसे झगड़े भी प्रायः अहम् के टकराव के चलते ही अधिक होते हैं।

जैसे-जैसे शिक्षा का विकास हो रहा है, उसी के साथ ही लड़कियां अब पढ़-लिखकर काफी जागरूक हो रही हैं। पुराने जमाने की सासें, जो

अधिकतर अनपढ़ होती हैं, अपने पुराने संस्कारों से ही चिपकी रहती हैं। अपने संस्कारों के कारण वे यह मानकर बैठी रहती हैं कि घर का सारा काम बहू को ही करना चाहिए और सास को उसमें हाथ भी नहीं लगाना चाहिए। बिना सास की अनुमति लिए बहू को कहीं आना-जाना भी नहीं चाहिए। इसी विचारधारा के कारण सास छोटी-छोटी बातों को भी अपनी प्रतिष्ठा का प्रश्न बनाकर रूठ जाती है और यह आशा करने लग जाती है कि बहू उनसे क्षमा मांगे, जबकि पढ़ी-लिखी बहुएं ऐसा करने से इनकार कर देती हैं। इससे घर में झगड़ा बढ़ जाता है और सारे घर के वातावरण में अशांति छा जाती है। ऐसी समस्याएं केवल समझदारी एवं सूझ-बूझ से ही हल की जा सकती हैं।

आज समय बहुत बदल चुका है। इस पल-पल बदल रहे समाज में अपने बच्चों को सत्यवान-सावित्री, श्रवणकुमार आदि के रूप में देखना उचित प्रतीत नहीं होता।

बच्चों की कृतघ्नता से झंझट

आज बहुत से लोग यह शिकायत करते मिलेंगे कि उनके बच्चे बहुत ही कृतघ्न हैं। सभी माता-पिता अपने बच्चों को श्रवण कुमार की तरह कर्तव्यपरायण बनाना चाहते हैं, किंतु अधिकतर बच्चे कंस की तरह कृतघ्न बनते जा रहे हैं। वे माता-पिता का कहना मानने से इनकार कर देते हैं। माता-पिता सारा दोष बच्चों पर मढ़ देते हैं। अभिभावक इस बात पर कभी विचार नहीं करते हैं कि उन्होंने अपने बच्चों को संस्कार कैसे दिए हैं। बचपन में जिस प्रकार के संस्कार बच्चों में डाले जाएंगे, वैसा ही व्यवहार वे बड़े होकर करेंगे।

यदि आप स्वयं अपने व्यवहार में माता-पिता, मित्रों एवं संबंधियों के प्रति कृतज्ञ नहीं हैं, तो आपके बच्चे भी बड़े होकर आपके प्रति कभी भी कृतज्ञ नहीं बनेंगे। कृतज्ञता जन्म से पैदा नहीं होती। यह तो बच्चों में अच्छे संस्कारों द्वारा उत्पन्न की जाती है।

यदि आप चाहते हैं कि आपके बच्चे कृतज्ञ बनें, तो पहले स्वयं अपने अंदर कृतज्ञता की भावना पैदा करनी होगी। यदि आप अपने बूढ़े माता-पिता को किसी आश्रम में छोड़ दोगे, तो आपके बच्चे भी आपके बूढ़े होने पर

वैसा ही सोचेंगे, क्योंकि उन्होंने आपसे ऐसे ही संस्कार ग्रहण किए हैं। यदि आप स्वयं झूठ बोलते हैं और छल-कपट के कार्य करते हैं, तो बच्चों को भी वैसे ही संस्कार मिलेंगे।

बुढ़ापे के भय से बेचैनी

बुढ़ापे का भय ही ऐसा है, जो हर व्यक्ति को जीवन में किसी-न-किसी रूप में अवश्य प्रभावित करता है। व्यक्ति अपने बुढ़ापे का सामना कैसे करता है, यह बात उसके जीवन को काफी प्रभावित करती है। कई लोग तो बुढ़ापे की चिंता से उपजे तनाव के कारण ही किसी-न-किसी रोग से ग्रस्त हो जाते हैं।

ऐसे लोग जो युवावस्था में तनावों का सामना सफलतापूर्वक नहीं कर पाते, वे बुढ़ापे में कई प्रकार के मानसिक रोगों का शिकार हो जाते हैं तथा स्वभाव से शंकालु बन जाते हैं। स्वयं को अकेला अनुभव करने से भी जीवन में कठोरता आ जाती है। वे सामाजिक असुरक्षा भी अनुभव करने लगते हैं। उनका झुकाव नैतिक मूल्यों की ओर अधिक हो जाता है। सामाजिक परिवर्तनों से सामंजस्य बैठा पाने में काफी कठिनाई होती है। बुढ़ापे के विषय में ऐसे नकारात्मक विचार जिनमें उनके आत्मसम्मान को ठेस पहुंच रही हो, स्वीकार करने में काफी कठिनाई अनुभव होती है।

बुढ़ापे में असुरक्षा की भावना बढ़ जाना एक सामान्य बात है। कई बूढ़े लोग इस स्थिति में स्वयं को असहाय अनुभव करने लगते हैं। नौकरी से रिटायर हो जाने के कारण उनकी आय भी कम हो जाती है। उन्हें खुद को व्यवस्थित रखने में काफी कठिनाई का सामना करना पड़ता है। इससे मानसिक तनाव बढ़ने लगता है और शरीर में शिथिलता आ जाती है। इसके अलावा बुढ़ापे के कई अन्य रोग भी परेशान करने लगते हैं। स्वास्थ्य भी दिनों-दिन कमजोर होने लगता है। बूढ़े व्यक्ति को रोगों के साथ जीने की आदत डालनी पड़ती है।

जब कोई बूढ़ा व्यक्ति अशक्त होकर दूसरों पर निर्भर हो जाता है, तो उसके लिए वह स्थिति बहुत ही कष्टदाई होती है, जो उसके अहम् को भी बहुत चोट पहुंचाती है। ऐसी स्थिति में उसे मृत्यु भी पास आती दिखाई

देने लगती है, जो मन में एक प्रकार का भय पैदा करती रहती है। इसीलिए अधिकतर बूढ़े लोग इस अवस्था में धर्म का अधिक-से-अधिक सहारा लेने लगते हैं।

कुछ बूढ़े व्यक्ति जीवन से इतना अधिक निराश हो जाते हैं कि शीघ्र मृत्यु की कामना करने लगते हैं, ताकि उन्हें व्यर्थ के दुखपूर्ण जीवन से छुटकारा मिल जाए। कई बूढ़े अपनी आंखों के सामने ही अपने किसी बच्चे या प्रियजन की मृत्यु देख चुके होते हैं। ऐसी घटनाएं उनके जीवन में और भी अधिक उदासी और निराशा की भावना भर देती हैं। वे ऐसा अनुभव करने लगते हैं कि अब अपना जीवन जी चुके हैं। किंतु कई बूढ़े मृत्यु की कल्पना मात्र से ही बहुत भयभीत हो जाते हैं और तनाव की स्थिति में आ जाते हैं।

यदि पति या पत्नी में से किसी एक की मृत्यु हो जाए, तो दूसरा व्यक्ति स्वयं को बहुत ही अकेला अनुभव करने लगता है। उनके बच्चे शादी के पश्चात् अपनी घर-गृहस्थी में मस्त हो जाते हैं। वे बूढ़े माता या पिता की ओर ध्यान ही नहीं दे पाते हैं। कुछ तो जान-बूझकर भी बूढ़े माता-पिता से दूर-दूर रहने का प्रयास करते हैं। बूढ़ों को बात-बात पर दुत्कार भी देते हैं। किसी भी बात पर उनसे राय तक लेना बंद कर देते हैं। घर में उनके साथ एक अनचाहे मेहमान की तरह व्यवहार किया जाने लगता है। बूढ़ों की देखने और सुनने की शक्ति क्षीण होती जाती है। इससे भी उनके सामने कई समस्याएं पैदा हो जाती हैं।

कई लोग बुढ़ापे में बहुत ही चिड़चिड़े स्वभाव के हो जाते हैं। उनके व्यवहार में कठोरता आ जाती है और वे असहनशील बन जाते हैं और समाज में उपलब्ध सुविधाओं का भी ठीक से लाभ नहीं उठा पाते हैं।

बच्चे स्वयं को बूढ़ों से अधिक समझदार समझने लगते हैं। अपनी समझ के अनुसार सभी निर्णय स्वयं करने लगते हैं। इससे भी बूढ़ों के आत्म-सम्मान को ठेस पहुंचती है, वे स्वयं को महत्वहीन मानने लगते हैं।

कुछ व्यक्ति ऐसे भी होते हैं, जो ईश्वर से प्रार्थना करने लगते हैं कि बूढ़ा जल्दी मरे और उन्हें अनावश्यक खर्चों से छुटकारा मिल जाए।

कई देशों में तो लोग बूढ़ों को अपने साथ रखने की अपेक्षा उन्हें किसी सरकारी संस्था या आश्रम में भेज देते हैं और इस प्रकार उनसे मुक्ति पा लेते हैं।

एक बूढ़े व्यक्ति के लिए सबसे अधिक अच्छा यही होगा कि वह अपने बुढ़ापे को सम्मानपूर्वक स्वीकार कर समाज में अपने लिए कोई उचित स्थान निर्धारित कर ले। बुढ़ापे में खाली नहीं बैठे। अपने दिमाग को चुस्त बनाए रखने के लिए कोई-न-कोई सामाजिक भलाई का कार्य अवश्य करता रहे, ताकि समाज में सम्मानपूर्वक अपना जीवन व्यतीत कर सके। इससे उसे निराशा की भावना का सामना नहीं करना पड़ेगा।

बूढ़ा मरता क्यों नहीं?

प्रत्येक व्यक्ति को यह बात सदा याद रखनी चाहिए कि जब पेड़ सूख जाता है, तो पक्षी उसे छोड़ जाते हैं। जब कोई नेता हार जाता है, तो लोग उसे छोड़ देते हैं। जब तालाब सूख जाता है, तो सारस उसे छोड़कर कहीं और चले जाते हैं। उसी प्रकार कृतघ्न लोग भी बूढ़े माता-पिता को त्याग देते हैं।

यदि आपकी संतान बुढ़ापे में बिना किसी स्वार्थ के आपको आदर-सम्मान दे रही है और ध्यान रख रही है, तो यह समझ लीजिए कि आप बहुत ही सौभाग्यशाली व्यक्ति हैं और संतान को अच्छे संस्कार प्राप्त हुए हैं। इन संस्कारों के कारण आपके बच्चों की संतानों को भी अच्छे संस्कार प्राप्त होंगे।

जो लोग छल-कपट से अपनी संतान के लिए धन-संपत्ति जमा करते रहते हैं और उस पर इतराते रहते हैं। वह धन-संपत्ति ही बुढ़ापे में उनके गले का कांटा बन जाती है। उनकी संतान यह सोचती रहती है कि वे उचित या अनुचित ढंग से किसी तरह उस संपत्ति को हथिया लें। इसके लिए वे बूढ़े माता-पिता के शीघ्र-से-शीघ्र मरने की कामना भी करने लगते हैं, ताकि वह धन-संपत्ति उनके नाम हो जाए। इसीलिए कहा जाता है कि अनुचित ढंग से कमाई गई धन-संपत्ति अंत में अशांति का कारण बनती है।

जो लोग केवल अपने परिवार का ही ध्यान न रखकर समाज के लिए भी कुछ त्याग करते हैं, ऐसे लोग ही समाज में अपना नाम छोड़ जाते हैं। ऐसे लोगों की दीर्घायु के लिए ही लोग प्रार्थना करते हैं। स्वार्थी लोगों के तो परिवार वाले ही उनकी शीघ्र मृत्यु की कामना करने लगते हैं।

इसलिए प्रत्येक व्यक्ति को अपने जीवन में निष्काम सेवा की ओर अवश्य ध्यान देना चाहिए। निष्काम सेवा करने से व्यक्ति को सच्चा मानसिक सुख अनुभव होने लगता है। किंतु ऐसी सेवा में किसी भी प्रकार की प्रत्यक्ष या अप्रत्यक्ष स्वार्थ की भावना नहीं होनी चाहिए।

आपको अपने दादा के दादा का नाम भी ज्ञात नहीं होगा, किंतु गांधीजी जैसे समाज सेवकों को सारा संसार जानता है।

इसलिए सदा याद रखें कि निष्काम सेवा करके आप अपना समय नष्ट नहीं कर रहे हैं, अपितु जीवन में सच्चा सुख पाने के बीज बो रहे हैं। जब ये बीज पौधों में बदलेंगे, तो ये आपको शांति तो देंगे ही, साथ ही आपका नाम भी समाज में फैलाएंगे। इसीलिए गीता में भी निष्काम सेवा को भक्ति का एक उत्तम मार्ग माना गया है।

मानव जीवन के विचित्र रूप

हर व्यक्ति अपने-अपने ढंग से जीवन जीना चाहता है। यह उसकी अपनी प्रवृत्ति के अनुसार होता है। उसके अनुसार ही वह अपनी आवश्यकताएं, ध्येय, साधन एवं प्रयासों का चुनाव करता है।

कुछ लोग केवल प्यार और उससे संबंधित कार्यों में ही अधिक रुचि लेते हैं। कुछ धन-संपत्ति एवं शक्ति अर्जित करने जैसे कामों में लगे रहते हैं। कुछ आत्म-विकास एवं आत्म-ज्ञान में अधिक जुटे रहते हैं। यह सब व्यक्ति की उन प्रवृत्तियों पर निर्भर करता है, जो उसने सीख रखी होती हैं।

कोई व्यक्ति जीवन में क्या पाना चाहता है और उसका उद्देश्य क्या है, यह सदा चलता ही रहता है। कुछ अपनी योग्यता एवं उपलब्ध साधनों के अनुसार ही लक्ष्य निर्धारित कर उसमें सफलता भी प्राप्त कर लेते हैं।

कुछ लोग ऐसे अवास्तविक लक्ष्यों को पूरा करने का प्रयास करते हैं, जिनमें उनको सफलता नहीं मिलती। इस प्रकार सारा श्रम बेकार चला जाता है। परिणामस्वरूप उनके जीवन में निराशा की भावना घर कर जाती है और वह किसी-न-किसी मानसिक विकृति को जन्म दे जाती है। कुछ परिस्थितियों एवं समय के अनुसार अपने लक्ष्यों में परिवर्तन करते रहते हैं। ऐसे लोग अधिक सफलता पाते हैं। इनाम और सजा के आधार पर सामाजिक वातावरण भी लक्ष्यों का निर्धारण करने में बहुत सहायता करता है। व्यक्ति प्रायः वही कार्य करना चाहता है, जिसको करने से समाज में उसे धन एवं यश प्राप्त हो। कुछ लक्ष्य ऐसे भी होते हैं, जो जीवन को

सफलतापूर्वक जीने के लिए आवश्यक होते हैं। ऐसे लक्ष्य पूरे जीवन एक समान ही बने रहते हैं।

मानव विकास में सहायक तत्व

अब हम थोड़ा उन बातों पर विचार करेंगे, जो मानव-विकास में सहायक होती हैं :

1. वंश परंपरागत गुणों का प्रभाव : ऐसा माना गया है कि संसार में लगभग बीस लाख विभिन्न प्रकार के पेड़-पौधों और पशु-पक्षी पाए जाते हैं। वे सभी केवल अपनी जैसी संतान को ही जन्म देते हैं। एक बिल्ली अपने जैसे ही बच्चे पैदा करेगी, मानव भी अपने जैसे ही बच्चे पैदा करते हैं। अनाज के बीजों से उसी अनाज के पौधे ही पैदा होते हैं। ऐसा क्यों होता है? यह जानने के लिए जैनेटिक-कोड को समझना आवश्यक है।

जब मादा की अंड-कोशिका और नर की शुक्र-कोशिका आपस में मिलते हैं, तो वे अपने साथ जनन-वंश अनुक्रमण को भी प्राप्त कर लेते हैं। इससे पैदा होने वाले शिशु में कुछ ऐसे गुण भी आ जाते हैं, जो पूरा जीवन बने रहते हैं। शिशु के शरीर की बनावट में इनका प्रभाव स्पष्ट रूप में देखने को मिलता है। आंखों का रंग आदि इन्हीं से ही प्रभावित होते हैं। उस शिशु का स्वभाव भी काफी मात्रा में प्राप्त गुणों से प्रभावित होता है। अतः हम कह सकते हैं कि वातावरण एवं आनुवंशिक कारक प्राणी के स्वभाव एवं व्यवहार को बहुत प्रभावित करते हैं।

2. वातावरण का प्रभाव : अब इस बात पर विचार करते हैं कि वातावरण का मानव पर क्या प्रभाव पड़ता है? व्यक्ति जिस प्रकार के वातावरण, समाज एवं परिवार में रहता है तथा जिन लोगों से मेलजोल रखता है तथा जैसी शिक्षा ग्रहण करता है; ये सब बातें उसके व्यक्तित्व पर जरूर प्रभाव छोड़ती हैं।

3. ममत्व का प्रभाव : बच्चा जब स्वयं और दूसरों में अंतर करना सीख लेता है, तो उसमें 'मैं', 'मेरा' और 'ममत्व' की भावना का विकास होने लगता है। यह भावना भी उसके व्यक्तित्व के निर्माण में बहुत महत्वपूर्ण कार्य करती है।

जब व्यक्ति समाज की मान्यताओं के अनुरूप व्यवहार करता है, तो उसे सभ्य माना जाता है, जब वह उन मान्यताओं के विरुद्ध व्यवहार करता है, तो उसे असभ्य माना जाता है।

मानव शरीर की रचना इस प्रकार से की गई है कि उसके अंदर पाचन-क्रियाएं, श्वास-क्रियाएं आदि स्वयं ही होती रहती हैं। इसके लिए न कुछ सीखना पड़ता है और न ही कोई प्रयास ही करना पड़ता है। शरीर को जीवित बनाए रखने के लिए ये क्रियाएं स्वयं ही चलती रहती हैं। बाहर से अंदर जाने वाले विषाणुओं से लड़ने की क्षमता शरीर के अंदर प्राकृतिक रूप से बनी हुई है। शरीर के अंदर की गंदगी भी स्वयं ही बाहर निकलती रहती है। इस तरह प्रत्येक प्राणी अपनी भूख, प्यास और नींद की आवश्यकता को पूरा करता रहता है। शरीर को विश्राम देकर वह खोई हुई शक्ति को भी पुनः प्राप्त कर लेता है। वह संतुलित भोजन करके शरीर को स्वस्थ रखने का प्रयास भी करता है।

विचित्र स्वभाव के लोग

प्रत्येक व्यक्ति में कुछ व्यक्तिगत विशेषताएं होती हैं, जो दूसरे व्यक्ति से उसे अलग दिखाती हैं। उन्हीं के कारण कुछ लोग सभी का मन मोह लेते हैं और कुछ घृणा का पात्र बन जाते हैं। कुछ लोग स्वयं में ही मस्त रहते हैं तथा आम लोगों से मिलते-जुलते भी नहीं, कुछ लोग मिलनसार स्वभाव के होते हैं, वे जिससे भी मिलते हैं, उसे अपना बना लेते हैं। कुछ लोग बहुत ही संकोची और कुछ बहुत ही झगड़ालू स्वभाव के होते हैं, जो बात-बात पर लड़ने-झगड़ने को तैयार रहते हैं। ऐसे लोगों के अवचेतन मन में यह भय समाया होता है कि आसपास के लोग उसका बुरा सोचते रहते हैं। अतः व्यक्तित्व की प्रकृति के अनुसार लोगों को निम्न श्रेणियों में बांटा जा सकता है। ये केवल मुख्य श्रेणियां ही हैं, जो मानव स्वभाव को समझने में हमारी काफी सहायता कर सकती हैं :

1. उदासीन प्रकृति : कुछ लोग बहुत ही उदासीन प्रकृति के होते हैं। वे सदा इस बात से ही भयभीत रहते हैं कि कहीं दूसरे उनसे अनुचित लाभ न उठा लें। वे अपना जीवन निरर्थक ही समझते रहते हैं। अपने जीवन

में विशेष उत्साह या रुचि पैदा ही नहीं कर पाते। स्वयं का काम ठीक-ठाक ढंग से कर देते हैं। वे और लोगों से तो क्या अपनी पत्नी से भी अधिक बात नहीं करते। वे ऐसे मित्र को ही पसंद करते हैं, जो चुपचाप उनके पास बैठ सके। वे केवल अपनी रुचि की बातें ही सुनना पसंद करते हैं। ऐसी बातों में भी रुचि बोलकर नहीं केवल हावभाव से ही प्रकट करते हैं। ऐसे लोगों से मेलजोल केवल वे लोग ही बना पाते हैं, जो उनके स्वभाव को समझकर उनके अनुकूल व्यवहार कर सकें। ऐसे लोग प्रायः शांत स्वभाव के होते हैं।

2. झगड़ालू स्वभाव : कुछ लोग झगड़ालू स्वभाव के होते हैं। हर काम में ये नेता बनना ही पसंद करते हैं। ऐसा वे लड़-झगड़ कर ही करना चाहते हैं। हर बात को सीधा और स्पष्ट कह देते हैं। इसीलिए कई लोग इनसे अप्रसन्न रहते हैं।

वे नम्रता और प्रेम जैसे भावों को सदा छिपाए रखते हैं, क्योंकि उन्हें वे दुर्बलता के लक्षण समझते हैं। ऐसे लोगों में धैर्य, संवेदनशीलता और सूझबूझ की काफी कमी होती है। इसी कारण से समाज में विशेष सम्मान प्राप्त नहीं कर पाते।

इनके मन में कोई भय या हीनता की भावना छिपी हुई होती है, जो उन्हें सदा स्वयं को श्रेष्ठ दिखाने में ही लगी रहती है।

ऐसे लोग अपनी पत्नी को भी प्रताड़ित करते रहते हैं। यदि पत्नी ऐसे स्वभाव की हो, तो वह पति को परेशान किए रखती है। ये लोग ऐसी संगति से दूर ही रहते हैं, जहां उन्हें महत्व न मिलता हो। सदा आग उगलते रहना ही ऐसे लोगों का स्वभाव होता है। ऐसे लोगों की कड़वी बातों को केवल मीठे वचनों से ही शांत किया जा सकता है, तभी उनसे मनचाहा काम करवाया जा सकता है। इनसे वाद-विवाद करने से इतना क्रोध और भी भड़क जाता है। ऐसे लोगों की बातों को चुपचाप सुन लेना ही बुद्धिमत्ता होती है। उनका क्रोध शांत हो जाने के पश्चात् ही उनसे बात आगे बढ़ानी चाहिए और वास्तविक स्थिति समझानी चाहिए।

अपने क्रोधी स्वभाव के कारण ऐसे लोग उच्च रक्तचाप और दिल के रोगों के शीघ्र ही शिकार हो जाते हैं। इस तरह अपने अंदर कई रोग

पाल लेते हैं। मानसिक शांति ऐसे लोगों से कोसों दूर रहती है, क्योंकि ऐसे लोगों में शांत रहने की प्रवृत्ति होती ही नहीं। तनाव से बचने के लिए ऐसे लोग नशे का भी सहारा लेते हैं। अपने स्वभाव को बदले बिना ऐसे लोग मानसिक शांति प्राप्त नहीं कर सकते।

3. निर्दय स्वभाव : कुछ लोग बहुत ही निर्दय स्वभाव के होते हैं। अपने से कमजोर लोगों को परेशान करते रहते हैं। उनके जीवन में कोई सिद्धांत नहीं होता। उचित और अनुचित ढंग से लाभ उठाना ही उनका उद्देश्य होता है। ऐसे लोग स्वभाव से बहुत डरपोक भी होते हैं, किंतु जिस पर भी उनका जोर चल सकता है, उसे खूब परेशान करते हैं। जब उन्हें अपने से अधिक शक्तिशाली व्यक्ति का सामना करना पड़ता है, तो उसका सामना करने को ये टाल जाते हैं। ये हर प्रकार के अनुचित उपायों का पूरा-पूरा लाभ उठाते हैं और ताने भी कसते हैं। दूसरों की दुर्बलताओं का ये खूब लाभ उठाते हैं। अपने क्रोध का कई प्रकार से प्रदर्शन भी करते हैं। आवश्यकता पड़ने पर लड़ने-झगड़ने को भी तैयार रहते हैं। किंतु ऐसे लोग प्रायः अप्रसन्नता प्रकट करके ही चुप लगा जाते हैं। ये बहुत ही चुस्त और चालाक होते हैं। ये अच्छी-से-अच्छी नौकरी भी प्राप्त कर लेते हैं। अपना सारा काम बहुत ही अच्छे ढंग से करते हैं। वाद-विवाद करके इन्हें परास्त नहीं किया जा सकता। इन्हें अकेला छोड़ देने में ही सबका भला होता है।

किंतु जब इस स्वभाव की पत्नी या कोई अधिकारी मिल जाए, तो उन्हें अकेला भी नहीं छोड़ा जा सकता। उस अवस्था में केवल समझदारी से ही काम निकाला जा सकता है। उनके स्वभाव को समझकर ही तालमेल बैठाया जा सकता है। जब ऐसे लोगों को बढ़ावा मिल जाता है, तो ये और भी अधिक निर्दय बन जाते हैं। स्वभाव से कायर होने के कारण ये शीघ्र ही घबरा भी जाते हैं और सामने वाले को शक्तिशाली पाकर भाग भी जाते हैं।

ऐसे लोग छल-कपट के कार्य करते रहने के कारण कई प्रकार के रोगों के भी शिकार हो जाते हैं। इन्हें मानसिक शांति पाने में काफी कठिनाई होती है।

4. क्रोधी स्वभाव : कुछ लोग बहुत ही क्रोधी स्वभाव के होते हैं। छोटी-छोटी बातों पर भी बहुत क्रोधित हो जाते हैं, फिर पागलों की तरह

चीखने लगते हैं। स्वयं पर नियंत्रण खो देते हैं। जो भी मन में आता है, वही बकने लगते हैं।

ऐसे लोग सहानुभूति के बहुत भूखे होते हैं। थोड़ी सी सहानुभूति पाकर ही शांत हो जाते हैं। बीमारी में और थकावट में बहुत क्रोधित हो जाते हैं। जो भी सामने पड़ जाए, उसी पर क्रोध उतार देते हैं। हर समय क्रोध में रहने के कारण ऐसे लोगों को कई प्रकार के रोग लग जाते हैं, जो पूरे जीवन परेशान करते रहते हैं। क्रोध में रहने के कारण ये मानसिक शांति भी प्राप्त नहीं कर पाते।

5. बातूनी लोग : कुछ लोग बहुत ही बातूनी स्वभाव के होते हैं। ये सदा बकवास ही करते रहते हैं। चुप बैठे रहना उनके लिए बड़ा कठिन होता है। ऐसे लोगों से सभी परेशान रहते हैं, किंतु शरम के मारे कुछ कह भी नहीं पाते। ऐसे लोग दूसरों की बात न तो सुनते ही हैं और न ही उन्हें बोलने का मौका देते हैं। अपनी ही बात सदा बोलते रहते हैं। जब उनके सामने कोई दूसरा बोल रहा हो, तो बहुत बेचैनी अनुभव करने लगते हैं। दूसरे के मन की बात समझने का कभी प्रयास ही नहीं करते। किसी के साथ भी गपशप करने को सदा तैयार रहते हैं। उन विषयों पर भी बोलने लगते हैं, जिनका उन्हें ज्ञान भी नहीं होता। अपने इस स्वभाव के कारण ये अपनी हानि भी कर लेते हैं। फिर भी अपनी बकवास करने की आदत से बाज नहीं आते। ऐसे लोगों को बोलने के लिए बढ़ावा नहीं देना चाहिए। हो सके तो उन्हें टाल देना चाहिए।

ऐसा माना जाता है कि ऐसे लोग अपनी किसी हीन भावना को छिपाने के लिए ही ऐसा करते हैं।

6. कंजूस स्वभाव : कुछ लोग बहुत ही कंजूस स्वभाव के होते हैं। 'चमड़ी चली जाए, पर दमड़ी न जाए' कहावत उन पर एकदम सही उतरती है। ऐसे लोग अपने धन को गुप्त रूप में रखते हैं, फिर उसकी चिंता में ही सदा परेशान रहते हैं। जब तक उनका धन कुछ बढ़ नहीं जाता, उन्हें चैन ही नहीं आता। खर्च करने से कहीं मेरा धन कम न हो जाए, यह भय ही उन्हें सदा सताता रहता है।

ऐसे लोगों के अवचेतन में असुरक्षा की भावना छिपी होती है, जो उन्हें

सदा असुरक्षित बनाए रखती है। उस असुरक्षा की भावना से बचने के लिए वे धन जमा करते रहते हैं। फिर उस धन को बचाए रखने के लिए कंजूस बन जाते हैं।

चाहे आप कितना भी प्रयास कर लें, किसी कंजूस व्यक्ति के स्वभाव को कभी भी बदल नहीं सकेंगे। यदि स्वयं कंजूस चाहे, तो भी अपने स्वभाव को बदल नहीं सकता है। यदि कंजूस को यह समझा दिया जाए कि धन तो केवल सेवक होता है, स्वामी नहीं, उसे तो केवल सुख भोगने के लिए ही कमाया जाता है, जमा करने के लिए नहीं।

संसार में वही लोग अधिक सुखी हुए हैं, जिनके पास धन अधिक नहीं था, जो जानते थे कि धन बढ़ने से परेशानियां भी बढ़ जाती हैं।

कंजूस के साथ मेलजोल करने के लिए, उसे उसी रूप में स्वीकार करना पड़ता है। सहानुभूति दिखाकर ही उससे कुछ काम लिया जा सकता है।

7. अंत तक विरोध करने वाले लोग : कुछ लोग बहुत ही दकियानूसी स्वभाव के होते हैं। ये नए विचारों का पहले विरोध अवश्य करते हैं। हर नए परिवर्तन के सदा विरुद्ध होते हैं। अपनी परंपराओं को ही सदा बनाए रखने का प्रयास करते रहते हैं। सादा जीवन जीते हैं। मनोरंजन के साधनों से भी घृणा करते हैं लोग। क्योंकि इनकी पिछड़ी बातों से सहमत नहीं हो पाते, इसलिए ये अलग-थलग रहकर ही अपना जीवन बिताते हैं। अपनी मान्यताओं और परंपराओं को छोड़ नहीं पाते। नई पीढ़ी से सामंजस्य बैठा पाने में काफी कठिनाई अनुभव करते हैं। ऐसे लोगों के लिए यह समझ पाना काफी कठिन होता है कि जीवन में परिवर्तन तो एक सनातन नियम है।

अपने सामाजिक वातावरण से परेशान रहने के कारण ये लोग मानसिक शांति पाने में काफी कठिनाई का अनुभव करते हैं।

8. हठधर्मी स्वभाव : कुछ लोग बहुत ही हठधर्मी स्वभाव के होते हैं। वे अपने धर्म और जाति के लिए जान तक दे देने में नहीं हिचकते। हर वस्तु पर वे अपना अधिकार समझने लगते हैं। जब उन्हें मनचाही वस्तु नहीं मिल पाती, तो ऐसे व्यक्ति बहुत झुंझला जाते हैं।

ऐसा पति अपनी पत्नी को और ऐसी पत्नी अपने पति को परेशान करती रहती है। ऐसी पत्नी अपने पति पर पूर्ण अधिकार चाहती है। ऐसे

लोगों को समझाना भी 'भैंस के आगे बीन बजाने' के समान होता है। केवल सम्मान देकर ही ऐसे लोगों से काम लिया जा सकता है।

उपरोक्त आठ प्रकार के विभिन्न स्वभाव वाले लोगों के विषय में जानकारी प्राप्त करने के पश्चात् हमें लोगों के अलग-अलग स्वभाव को देखकर हैरान नहीं होना चाहिए।

मानव स्वभाव एवं व्यक्तित्व का निर्माण कई कारणों से होता है। उन कारणों की जानकारी विस्तारपूर्वक दी जा चुकी है। यदि पाठकगण उचित समझें तो एक बार फिर उस अध्याय को ध्यानपूर्वक पढ़ें, फिर समझ जाएंगे कि मानव स्वभाव में विषमता क्यों देखने को मिलती है। कुछ लोग बहुत ही मिलनसार होते हैं, जिनसे भी मिलते हैं, उन्हें अपना बना लेते हैं। दूसरी तरफ कुछ लोग बहुत ही झगड़ालू होते हैं। ऐसे लोगों से दूर रहना ही अच्छा लगता है। कुछ लोग स्वयं ही अलग-थलग रहना पसंद करते हैं। ऐसा वे शायद किसी हीन भावना से ग्रस्त होने के कारण ही करते हैं।

दूसरों के दोष ढूंढना एक मानसिक रोग

हमारे समाज में कुछ लोग ऐसे भी होते हैं, जो सदा दूसरों के दोष ढूंढ़ते रहते हैं और इस दलदल से बाहर नहीं निकल पाते हैं। किसी के दोष ढूंढ़कर उन्हें एक विशेष संतोष प्राप्त होता है, इसलिए उनका यह कार्य चलता ही रहता है।

ऐसे व्यक्ति दूसरों के गुणों की ओर कभी भी ध्यान नहीं देते। फलां व्यक्ति ऐसा है, ऐसी बातें करते रहते हैं और अपना मन प्रसन्न करते रहते हैं। जो लोग दूसरों के निन्यानवे गुणों को छोड़कर केवल एक दोष को ही देखते हैं, ऐसे व्यक्ति मूर्ख कहलाते हैं।

जब कोई व्यक्ति दूसरों के अवगुणों का चिंतन करता है, तो उसके अंदर भी वे अवगुण स्वयं ही पैदा होने लगते हैं। इसीलिए महापुरुष किसी की भी निंदा न करने के लिए कहते हैं।

जब ऐसे व्यक्तियों को दूसरों के अंदर कोई दोष दिखाई नहीं देता, तो वे अपने दोष ही दूसरों पर थोपने लगते हैं। इस प्रकार स्वयं को दूसरों

से श्रेष्ठ सिद्ध करते हैं। ऐसा करने से उन्हें एक विशेष सुख मिलता है, जो और किसी साधन से मिल नहीं पाता। ऐसा करते रहने से एक बुरा परिणाम यह निकलता है कि ऐसे व्यक्ति अपने अंदर कोई-न-कोई रोग पाल लेते हैं। फिर वह रोग विकसित होकर उन्हें परेशान करने लगता है।

घोड़ा दूध नहीं देता, इसलिए अनुपयोगी पशु है। गाय सवारी के काम नहीं आती, इसलिए बेकार पशु है। किसी भी व्यक्ति को ऐसे दोष ढूंढ़ना छोड़ देना चाहिए, तभी मानसिक शांति मिल पाएगी।

किसी रोग की आशंका बनी रहना मानसिक रोग

कुछ लोगों को दिन-रात यह शंका बनी रहती है कि उनके अंदर किसी रोग के लक्षण अवश्य छिपे हुए हैं। वे उन लक्षणों को निरंतर अपने अंदर ढूंढ़ते रहते हैं। उनकी चर्चा करके दूसरों को भी बोर करते हैं। ऐसे लोग स्वास्थ्य की पत्रिकाएं या पुस्तकें पढ़कर अपने अंदर भी उन रोगों के लक्षण ढूंढ़ते रहते हैं, किंतु उन रोगों से कभी भी भयभीत दिखाई नहीं देते।

ऐसे लोगों की अधिकतर शिकायत पेट संबंधी या मल-त्याग संबंधी किसी रोग से होती है। ऐसी अवस्था के पैदा होने का कारण यह माना जाता है कि प्रत्येक व्यक्ति अपने शरीर को स्वस्थ रखने का प्रयास करता है, किंतु शंकालु स्वभाव के व्यक्तियों में यह भावना अधिक मात्रा में पाई जाती है, जो किसी रोग का रूप भी धारण कर लेती है।

ऐसे व्यक्ति बीमारी और रोग से सदा भयभीत रहते हैं। यदि माता-पिता में से कोई भी शंकालु स्वभाव का होगा, तो बच्चों पर भी उसका प्रभाव पड़ता है, जिसके चलते वे भी शंकालु स्वभाव के बन जाते हैं।

यदि कोई माता-पिता अपने बच्चे के छींक आने पर चिंतित हो जाते होंगे, तो वह बच्चा भी बड़ा होकर इसी प्रकार का व्यवहार करने लगेगा। ऐसा स्वभाव बनाए रखने से उन्हें यह लाभ होता है कि लोगों की सहानुभूति मिलती रहती है। उन्हें बीमार समझकर कोई कठिन कार्य करने को नहीं कहा जाता। ऐसी सोच रखने के कारण एक दिन ऐसे व्यक्ति सचमुच बीमार हो जाते हैं।

अंतःस्त्रावी ग्रंथियों के दोषों का प्रभाव

अंतःस्त्रावी ग्रंथियां शरीर के संतुलित विकास के लिए हारमोन का निर्माण करती रहती हैं। यदि हारमोन पैदा करने वाली कोई भी ग्रंथि एक निश्चित मात्रा से कम या अधिक हारमोन पैदा करने लग जाए, तो दोनों अवस्थाओं में उसका शरीर पर बुरा प्रभाव पड़ने लगता है। शरीर पर पड़ने वाले तनावों का सामना व्यक्ति हारमोन की सहायता से ही करता है। यदि पिट्यूटरी ग्लैंड ठीक से कार्य न करे, तो व्यक्ति या तो लंबे कद का हो जाएगा या छोटे कद का ही रह जाएगा। यदि किसी स्त्री में यह हारमोन ठीक से पैदा न हो, तो उसके दाढ़ी-मूंछ आ जाएगी। अधिक मोटापा भी इसी असंतुलन के कारण ही होता है।

पीनियल

इसे शीर्ष ग्रंथि भी कहते हैं। यह सिर के ऊपरी भाग में स्थित होती है। हिंदू धर्म-ग्रंथों में इसे शिव ग्रंथि कहा जाता है। कुंडलिनी योग के अनुसार सहस्त्रार चक्र इसी स्थान पर ही स्थित होता है। यह ग्रंथि शरीर की जैव घड़ी है तथा यौन विकास की प्रक्रिया का भी संचालन करती है।

पिट्यूटरी

यह ग्रंथि दिमाग के निचले भाग में स्थित होती है। इसे विष्णु ग्रंथि भी कहा जाता है। इसे सभी अंतःस्त्रावी ग्रंथियों का नेता माना जाता है, क्योंकि यह सभी दूसरी ग्रंथियों के संचालन में सहायक है।

विकास की अवस्था में यदि यह ग्रंथि आवश्यकता से अधिक मात्रा में हारमोन बनाने लगे, तो व्यक्ति का कद असाधारण रूप से बहुत लंबा हो जाता है। कुछ व्यक्ति तो सात फुट तक लंबे हो जाते हैं। किंतु और कम मात्रा में हारमोन बनाने लगे, तो व्यक्ति का कद छोटा रह जाता है। यह प्रभाव केवल व्यक्ति की लंबाई में ही देखने को मिलता है। उसकी बुद्धि या दूसरे कार्यों पर इसका कोई प्रभाव नहीं पड़ता।

यदि प्रौढ़ अवस्था में यह अधिक मात्रा में हारमोन बनाने लग जाएं, तो व्यक्ति के हाथ-पैर और जबड़े लंबे हो जाते हैं।

थायराइड

यह ग्रंथि गले में स्थित होती है। यह उपापचय क्रिया के विकास एवं बुद्धि के विकास में सहायता करती है।

विकास की अवस्था में यदि यह ग्रंथि कम मात्रा में हारमोन बनाने लगे, तो बच्चा छोटे सिर वाला (क्रीटन) बना रह जाता है। यदि वयस्क अवस्था में यह ग्रंथि कम मात्रा में हारमोन बनाए, तो व्यक्ति का भार बहुत बढ़ जाता है और उसे सांस लेने में कठिनाई होने लगती है तथा आलस्य बना रहता है। यदि यह हारमोन अधिक मात्रा में बनने लग जाए, तो व्यक्ति के स्वभाव में तनाव बना रहता है, चिड़चिड़ापन बना रहता है। शरीर में कंपन होता रहता है। विभ्रम की स्थिति भी बन जाती है।

पैराथायराइड

यह शरीर में कैलशियम और फासफोरस की मात्रा को बनाए रखने में सहायता करती है। यह भी गले में ही स्थित होती है।

थाइमस

यह यौन क्रियाओं के विकास में सहायता करती है। इसके अलावा शरीर की प्रतिरक्षा क्षमता को बनाए रखने में भी सहायता करती है।

एड्रीनल्स

ये ग्रंथियां एड्रीनेलिन और नौर एड्रीनेलिन नामक हारमोन छोड़ती हैं, जो

कि तंत्रिकाओं के कार्य संचालन में सहायता करती हैं। ये भावनाओं की भी सहायता करती हैं। ये एड्रीनल कारटैक्स स्टेराएड नामक रस छोड़ती हैं, जो कि कई अंगों के संचालन में सहायक होता है। तनाव को झेलने में सहायता करता है, यौन संबंधी सहायक गुणों के विकास में भी इनकी काफी भूमिका होती है।

जब यह हारमोन-रस कम मात्रा में बनता है, तो शरीर में थकावट महसूस होने लगती है, भूख कम हो जाती है, खून की कमी हो जाती है, स्वभाव में चिड़चिड़ापन आ जाता है और चमड़ी का रंग काला पड़ने लगता है।

यदि किसी व्यक्ति में कौरटिकायड नामक हारमोन अधिक मात्रा में बनने लगे, तो उसमें स्त्रियों के लक्षण पैदा होने लगते हैं और यदि किसी स्त्री में यह अधिक मात्रा में बनने लगे, तो उसमें पुरुषों के लक्षण पैदा होने लगते हैं। यदि किसी बच्चे में यह अधिक मात्रा में बनने लगे तो वह बच्चा शीघ्र ही वयस्क दिखने लगता है।

लैंगरहैंस की द्विपिका ग्रंथियां

यह पैंक्रियाज़ में स्थित होती हैं और इंसुलिन छोड़ती हैं। यह कारबोहाइड्रेट का उपापचयन भी तैयार करती हैं। जब ये रक्त के अंदर इंसुलिन कम मात्रा में छोड़ने लगें, तो उससे मधुमेह रोग लग जाता है, क्योंकि रक्त में शक्कर की मात्रा बढ़ जाती है। यदि इंसुलिन अधिक मात्रा में बनने लगे, तो रक्त में शक्कर की मात्रा कम हो जाती है और व्यक्ति कमजोर होने लगता है।

गोनाड्स

ये यौन संबंधों एवं जनन क्रियाओं में बहुत महत्वपूर्ण भूमिका निभाते हैं। स्त्रियों में ओवरीज़ एस्ट्रोजंस एवं प्रोजैस्ट्रोन बनाते हैं। पुरुषों में अंडकोष एंड्रोजंस का निर्माण करते हैं। यदि इनमें विकार पैदा हो जाएं, तो व्यक्ति हिजड़ा बन जाता है।

मानसिक रूप से विक्षिप्त लोग

कुछ लोग ऐसे भी होते हैं, जो मानसिक रूप से विक्षिप्त होते हैं। मनोविज्ञान की भाषा में ऐसे लोगों को शाइजोफरेनिया और पैरेनोइया की श्रेणी में रखा जाता है। ये लोग प्रायः विभ्रम और निर्मूल विभ्रम के शिकार होते हैं और अद्भुत प्रकार के व्यवहार का प्रदर्शन करते हैं। सबसे पहले मैं विभ्रम एवं निर्मूल-विभ्रम में अंतर स्पष्ट करना चाहता हूं।

विभ्रम

ऐसा व्यवहार जो वास्तविकता से बिल्कुल अलग हो, किंतु उस व्यवहार को करने वाला उसे ही सही मानता हो, विभ्रम कहलाता है। इसे व्यामोह भी कहा जाता है। यदि कोई उसके असामान्य व्यवहार की ओर ध्यान आकृष्ट कराता है, तो वह अपने व्यवहार को उचित ठहराने का प्रयास करता है।

विभ्रमग्रस्त व्यक्ति को ऐसा प्रतीत होता है, मानो चारों ओर सभी लोग उसी की ही चर्चा कर रहे हों। समाचार-पत्रों, रेडियो और दूरदर्शन पर भी उसी की ही चर्चा हो रही हो। उसे ऐसा भी लगता है, मानो शत्रु उसे हानि पहुंचाने का प्रयास कर रहे हों और उसके खिलाफ कोई षड्यंत्र रच रहे हों। कभी ऐसा भी लगता है, जैसे उसके कार्य में व्यर्थ ही दखल दिया जा रहा हो और इस तरह अभद्र व्यवहार किया जा रहा हो। कुछ तो ऐसा अनुभव करने लगते हैं, जैसे उन्होंने कोई बहुत बड़ा पाप कर दिया हो, जिसके कारण दूसरे लोगों पर भी संकट आने वाला हो। कुछ को कोई

भयंकर रोग लग गया प्रतीत होता है और यह विभ्रम उन्हें अंदर-ही-अंदर खाता जाता है।

विभ्रम से ग्रस्त कुछ लोग स्वयं को बहुत बड़ा सुधारक या आविष्कारक मानने लगते हैं। कुछ तो स्वयं को भगवान भी मानने लगते हैं, या फिर धर्म का उद्धार करने वाला समझने लगते हैं। कुछ संसार को मिथ्या मानने लगते हैं कि वे एक मिथ्यालोक में रह रहे हैं। उनकी मृत्यु तो बहुत पहले ही हो चुकी है। अब तो वे केवल उस शरीर की आत्मा मात्र रह गए हैं।

निर्मूल विभ्रम

यह एक ऐसी अवस्था है, जब व्यक्ति को अनुभव होता है कि कोई अदृश्य शक्ति उसे कोई संदेश दे रही है। इस स्थिति को दोषपूर्ण विश्वास भी कहा जाता है।

निर्मूल विभ्रम में विक्षिप्त व्यक्ति को ऐसा लगता है, जैसे वह किसी अदृश्य शक्ति की आवाज सुन रहा हो, जो उसे कोई कार्य करने के लिए प्रेरित कर रही हो या उसके किसी कार्य की आलोचना कर रही हो, या फिर कोई चेतावनी दे रही हो अथवा उसे पश्चाताप करने को कह रही हो। कुछ लोगों को तो ऐसा भी लगने लगता है कि वे स्वर्गलोक में देवताओं के दर्शन कर रहे हों और उन्हें धरती के सारे प्राणी ओछे नजर आने लगते हैं।

निर्मूल विभ्रम से ग्रस्त मनोरोगियों में से कुछ को किसी विषैली गैस की दुर्गंध आने लगती है, जो उनके कमरे में किसी शत्रु ने छोड़ दी होती है। कुछ को ऐसे लगने लगता है, जैसे उनके भोजन या पानी में किसी ने विष मिला दिया हो। कुछ को ऐसा लगने लगता है कि शरीर पर कीड़े-मकोड़े रेंग रहे हों। ऐसी ही हलचल खाल के नीचे भी महसूस होने लगती है।

ऐसे रोगियों में केवल विचारों की अव्यवस्था ही देखने को मिलती है और किसी प्रकार का शारीरिक दोष या रोग दिखाई नहीं पड़ता।

शाइजोफरेनिया और पैरेनोइया की अवस्था में अंतर होता है। दोनों में अलग-अलग प्रकार से वास्तविकता को छिपाकर किसी भिन्न राय में पेश किया जाता है। कोई अन्य लक्षण देखने को नहीं मिलते।

शाइजोफरेनिया का मुख्य लक्षण यह है कि इसमें रोगी वास्तविक स्थिति को विकृत रूप में पेश करते हैं। सामाजिक मेल-जोल से स्वयं को अलग-थलग बनाए रखते हैं। उनके विचार तथा भाव अस्पष्ट, असंतुलित और अव्यवस्थित होते हैं। ऐसे लोग बहुत शंकालु और भयभीत बने रहते हैं। उन्हें न स्वयं पर विश्वास होता है और न किसी दूसरे पर। उनका सिर सदा भनभनाता रहता है। वे ऊंची आवाज से डर जाते हैं। दुर्गंध से उनका दम घुटने लगता है। जब उनसे कोई बात कर रहा होता है, तो उसकी पूरी बात को समझ ही नहीं पाते। जब वे स्वयं बोलते हैं, तो उन्हें अपनी बात भी समझ में नहीं आती।

पैरेनोइया में विक्षिप्त व्यक्ति को ऐसा अनुभव होता है, मानो उसके विरुद्ध कोई बहुत बड़ा षड्यंत्र रचा जा रहा हो, उसकी जासूसी की जा रही हो, उसका माल लूटने का प्रयास किया जा रहा हो, मानो सारे लोग शत्रु के रूप में उसके पीछे पड़े हुए हों और उसके साथ दुर्व्यवहार किया जा रहा हो। किंतु ऐसे व्यक्ति का विभ्रम किसी एक बिंदु पर ही केंद्रित रहता है। वह बिंदु धन संबंधी भी हो सकता है कि लोग उसका धन लूटने का प्रयास कर रहे हैं। नौकरी संबंधी भी हो सकता है कि उसके साथी उसकी योग्यता से ईर्ष्या करते हैं और उसे आगे बढ़ने से रोक रहे हैं। वे केवल अपने विचारों को ही ठीक मानते हैं। दूसरों द्वारा कही गई बातों की ओर कोई ध्यान नहीं देते।

आत्महत्या कौन करते हैं?

आत्महत्या की मनोवृत्ति पूरे संसार में देखने को मिलती है। कई धर्म तो कुछ स्थितियों में आत्मसम्मान बचाने के लिए आत्महत्या का परामर्श भी देते हैं। सती प्रथा इसी श्रेणी में रखी जा सकती है। किंतु कुछ लोग मानसिक तनाव से छुटकारा पाने के लिए आत्महत्या कर लेते हैं।

संसार के अधिकतर देशों में आत्महत्या को एक अपराध घोषित कर दिया है। किसी को भी भावनाओं में बहकर स्वयं का जीवन समाप्त करने का अधिकार नहीं है। विकसित देशों में आत्महत्या की प्रवृत्ति बड़ी संख्या में देखने को मिलती है। जो लोग आत्महत्या का सहारा लेते हैं, उनके सोचने

का ढंग अस्पष्ट होता है। आत्महत्या का निश्चय वे प्रायः उस समय करते हैं, जब अकेले और बहुत अधिक तनावग्रस्त होते हैं। उन्हें अपनी समस्या का कोई दूसरा रास्ता ही दिखाई नहीं देता।

आत्महत्या के प्रमुख कारण

ऐसा देखने में आता है कि 25 से 45 वर्ष की आयु वर्ग के लोग ही अधिकतर आत्महत्या की ओर प्रवृत्त होते हैं। गृहस्थ जीवन के झगड़ों एवं जटिलताओं से पैदा होने वाला तनाव, निर्धनता, रोग, आत्मसम्मान को ठेस, तलाक, किसी प्रियजन की मृत्यु, बेरोजगारी, असफलता और कोई बड़ी आर्थिक हानि आदि बातें ही आत्महत्या के मुख्य कारण हैं।

आत्महत्या करने के लिए लोग कई तरीकों का सहारा लेते हैं, जैसे किसी ऊंचे भवन से नीचे कूद जाना, कुएं, तालाब, नदी या समुद्र में कूदकर डूब जाना, गले में फंदा डालकर लटक जाना, रेलगाड़ी के आगे लेटकर कट जाना, स्वयं को गोली मार लेना, विष खा लेना, बहुत अधिक नशीली दवाई या नींद की गोलियां खा लेना या स्वयं को आग लगा लेना आत्महत्या के खास तरीके हैं।

कुछ लोग जब किसी लक्ष्य को प्राप्त करने में असफल हो जाते हैं, तो अपने आत्मसम्मान को बनाए रखने के लिए आत्महत्या का सहारा लेते हैं।

जब किसी व्यक्ति को यह लगने लगता है कि उसका जीवन निरर्थक है। जिन समस्याओं से वह घिरा हुआ है, उनसे बाहर निकलने का कोई रास्ता नहीं है। समाज में अब उसे बहुत असम्मानजनक ढंग से जीना पड़ेगा, ऐसे विचारों के कारण भी व्यक्ति आत्महत्या का सहारा लेता है।

यदि कोई व्यक्ति किसी असाध्य रोग से पीड़ित हो और उसे लगे कि अब उसे इस रोग से कभी छुटकारा नहीं मिलेगा, तो ऐसी अवस्था में भी आत्महत्या का सहारा लेता है।

जब किसी व्यक्ति को किसी काम-धंधे में बहुत अधिक आर्थिक हानि हो जाए, जिसे वह जीवन में कभी पूरा न कर पाने की कल्पना कर ले, तो वह आत्महत्या का सहारा लेता है।

समाज में यदि किसी प्रतिष्ठित एवं यशस्वी व्यक्ति के सम्मान को एकदम से ठेस पहुंच जाए और उसे लगने लगे कि अब चारों ओर बहुत बदनामी होगी। ऐसी स्थिति में भी वह आत्महत्या का सहारा लेता है।

आत्महत्या को तभी रोका जा सकता है, जब व्यक्ति स्वयं ही यह अनुभव करने लगे कि जिस मार्ग की ओर वह बढ़ रहा है, वह गलत है। अपना जीवन स्वयं ही समाप्त कर लेने का उसे कोई अधिकार नहीं है। जिन परिस्थितियों से वह घिर चुका है, वे भी शीघ्र ही सुधर जाएंगी। जीवन में ऐसे उतार-चढ़ाव तो आते ही रहते हैं और ये जीवन का एक भाग हैं। आत्महत्या केवल कायरता का कार्य है। मान-सम्मान बढ़ना, घटना केवल एक मानसिक दशा के ही प्रतीक हैं। मानव जीवन बहुत बहुमूल्य है। इससे समाज की बहुत सेवा की जा सकती है। आत्महत्या एक अपराध ही नहीं, बल्कि बहुत बड़ा पाप है।

इस अध्याय के जरिए मानव व्यवहार के विभिन्न पहलुओं पर प्रकाश डाला गया है। इसके माध्यम से पाठकगण मानव व्यवहार को सरलता से समझ सकेंगे और स्थिति की वास्तविकता का विश्लेषण कर अपनी मानसिक शांति को भंग होने से रोक सकेंगे।

जीवन में प्रसन्नता एवं हंसी का महत्व

यह पहले ही बताया जा चुका है कि अंतःस्रावी ग्रंथियां किस प्रकार से मानव जीवन को प्रभावित करती हैं। उनके द्वारा पैदा किए गए हारमोन-रस ही शरीर के अंदर के अंगों को स्वस्थ रखते हैं।

मानव शरीर की रचना इस प्रकार से हुई है कि अंतःस्रावी ग्रंथियां तभी ठीक से कार्य करती हैं, जब व्यक्ति सामान्य एवं प्रसन्न मुद्रा में होता है। जब व्यक्ति तनाव एवं चिंता की अवस्था में होता है, तो इन ग्रंथियों का कार्य भी प्रभावित हो जाता है।

क्या आप जानते हैं कि योगी लोग लंबी आयु क्यों पाते हैं? इसका एक रहस्य यह भी है कि वे सदा प्रसन्न मुद्रा में रहते हैं, जिससे उनकी अंतःस्रावी ग्रंथियां सामान्य रूप से कार्य करती रहती हैं और शरीर के अंदर के सभी अति आवश्यक अंगों को स्वस्थ बनाए रखती हैं।

इसीलिए कहा जाता है कि प्रसन्नता एक ऐसा अमूल्य धन है, जिसे केवल भाग्यशाली लोग ही पाते हैं। जो भी इसे पाते हैं, वे स्वस्थ जीवन का आनंद उठाते हैं। जब व्यक्ति प्रसन्न मुद्रा में होता है, तो उसका मानसिक तनाव भी दूर हो जाता है। वास्तव में प्रसन्नता दिल और दिमाग के लिए एक औषधि के समान है।

प्रसन्नता का रहस्य

प्रसन्नता का रहस्य यह है कि जब व्यक्ति अपने अहम् को भूल जाता है, तो वह प्रसन्नता अनुभव करने लगता है। जब वह किसी भोजन को बहुत

अधिक पसंद करता है, तो उसके आनंद की कल्पना में अपने अहम् को भूल जाता है और प्रसन्नता अनुभव करने लगता है।

एक प्रेमी जब अपनी प्रेमिका के साथ होता है, तो अपने अहम् को भूल जाता है, इस कारण से प्रसन्नता अनुभव करने लगता है। लेखक, विद्वान, वैज्ञानिक जब अपने अहम् को भूलकर अपने काम में मस्त हो जाते हैं, तो एक विशेष आनंद अनुभव करने लगते हैं।

किसी काम को सुध-बुध खोकर करना ही स्वयं को पाना होता है। वास्तविक प्रसन्नता बाहर नहीं, मन के अंदर होती है, जो परिस्थितियां अनुकूल होने पर ही अनुभव होने लगती हैं। सीधा-सादा जीवन जीने वाले ही उसका आनंद उठा पाते हैं। छल-कपट करने वाले उससे वंचित ही रह जाते हैं।

चाहे आप कितने भी समृद्ध क्यों न बन जाएं, कितनी भी प्रतिष्ठा क्यों न पा लें, कितना भी बड़ा पद क्यों न पा जाएं, किंतु मानसिक शांति पाने का रहस्य तो कुछ और ही है। शांत और संतुलित मन विकसित करके ही यह संभव हो पाता है।

यद्यपि हर व्यक्ति प्रसन्न रहना और हर प्रकार के दुखों से दूर रहना चाहता है, किंतु प्रसन्नता न तो धन से खरीदी जा सकती है, न सिखाने से ही प्राप्त की जा सकती है। यह तो मानव के स्वभाव के अंदर छिपी होती है। जीवन में चाहे उदासी की भयानक काली रात हो या सुख की सुहानी ज्योत्सना की अनुभूति हो, इन दोनों में संतुलन बनाकर जो व्यक्ति कार्य कर सकता है, वह मानसिक शांति का सच्चा आनंद भी उठा सकता है।

निःस्वार्थ सेवा मन को शुद्ध बना देती है। स्वार्थ नीरसता ला देता है। हर वासना की पूर्ति नई वासनाओं को जन्म देती है। इस प्रकार वासनाओं की शृंखला बढ़ती ही जाती है, जिससे मन में राग-द्वेष पैदा हो जाता है। फिर मानसिक शांति कोसों दूर भाग जाती है।

इंद्रियों के सुखों की कामना कई बुराइयों को जन्म देती है। भ्रष्टाचार और अनैतिक व्यवहार को बढ़ावा मिलता है। इससे भय, चिंता और तनाव पैदा होने लगता है, जिससे कई प्रकार के रोग लग जाते हैं।

सुख क्या है, कहां मिलता है?

सच्चा सुख क्या है, कहां मिलता है? इसे परिभाषित करना काफी कठिन कार्य है। अपने पूर्व ज्ञान के आधार पर लोगों ने सुख के विषय में विभिन्न प्रकार की कल्पनाएं और मान्यताएं बना रखी होती हैं।

संसार में सभी लोग सुख पाना चाहते हैं और अपनी समझ के अनुसार उसे पाने का प्रयास भी करते रहते हैं। उनकी पूर्व धारणाएं ही सभी क्रियाओं को निर्धारित करती हैं।

जो लोग धन को ही सुख पाने का साधन मान लेते हैं, वे धन कमाने के लिए काफी परिश्रम करते हैं। काफी संघर्ष भी करते हैं। कुछ लोग पैसे की चकाचौंध से इतना प्रभावित होते हैं कि धन पाने के लिए भ्रष्टाचार का सहारा लेने से भी नहीं चूकते। किंतु ऐसे लोग जब वांछित सुख नहीं पाते हैं, तो उनकी यह धारणा कि धन से सभी प्रकार का सुख खरीदा जा सकता है, निर्मूल सिद्ध हो जाती है। ऐसे लोग फिर जीवन से निराश होकर धर्म की ओर प्रवृत्त होने लगते हैं।

कुछ लोग सच्चा सुख पाने के लिए गृहस्थ जीवन को त्यागकर साधु-संन्यासी बन जाते हैं। जंगलों और गुफाओं में भटकते रहते हैं। क्या ऐसे लोग सच्चा सुख पा लेते हैं? नहीं, कभी नहीं। स्वामी रामतीर्थ ने ठीक ही कहा है कि चाहे आप जंगल में चले जाओ, चाहे आप गृहस्थ बनकर घर में रहो, आपका मन तो सदा आपके साथ ही रहेगा। उसे आप कहां छोड़ दोगे?

कई लोग अपनी संतान में ही सच्चा सुख खोजने लगते हैं। वे अपनी संतान के पालन-पोषण में ही सदा मस्त रहते हैं। संतान को सुखी रखने के लिए कई प्रकार के छल-कपट भी करते हैं। दिन-रात कठिन परिश्रम भी करते हैं। अपना सभी कुछ संतान को ही अर्पण कर देते हैं। संतान को ही अपनी आंखें और बुढ़ापे की लाठी मान लेते हैं। किंतु ऐसे भाग्यशाली व्यक्ति कम ही होते हैं, जिन्हें बुढ़ापे में संतान से सुख मिले।

कुछ लोग भोग-विलास को ही सुख का साधन मान लेते हैं। सुरा और सुंदरी की ओर आकर्षित होते रहते हैं। मत्स्य, मांस और मैथुन का ही आनंद लेने में ही मस्त रहते हैं। इस तरह भोग-विलास में ही अपना

सारा जीवन नष्ट कर देते हैं। किंतु सच्चा सुख तो ऐसे लोग भी प्राप्त नहीं कर पाते हैं।

कुछ लोग यश और प्रतिष्ठा पाकर सुख पाना चाहते हैं। ऐसे लोग राजनीति का सहारा लेते हैं। कुछ लोग वीरता के कार्य कर दिखाते हैं। इसी में शहीद तक भी हो जाते हैं।

कुछ लोग बौद्धिक उपलब्धियों में ही सुख ढूंढ़ने लगते हैं। ऐसे लोग लेखक, वैज्ञानिक और कलाकार बन जाते हैं। किंतु ऐसे लोगों के मन में सुख के स्थान पर अहंकार की भावना ही जागती है, जो उन्हें सच्चा सुख पाने में बाधा पहुंचाने लगती है। अहंकार ही सच्चा सुख प्राप्त करने के मार्ग में सबसे बड़ी बाधा होता है।

कुछ लोग सुख प्राप्त करने के लिए किसी नशे का सेवन करने लगते हैं। नशे को ही सुख प्राप्ति का साधन मान लेते हैं। दिन-रात नशे में ही मस्त रहते हैं। ऐसे लोग भी केवल एक काल्पनिक सुख ही प्राप्त करते हैं। सच्चे सुख से तो ये कोसों दूर रहते हैं। नशे के सेवन से सुख के स्थान पर दुख बढ़ने लगता है। मन में हिंसा, द्वेष और क्रोध बढ़ने लगता है। समाज के प्रति घृणा बढ़ने लगती है। उनके गृहस्थ जीवन में कई प्रकार की समस्याएं पैदा होने लगती हैं। नशा करने वाला अंत में सुख के स्थान पर अपने जीवन को ही चौपट कर लेता है।

कई लोग धर्म में ही सुख खोजने लगते हैं। वे धर्म के नाम पर कई प्रकार के आडंबर करने लगते हैं। सच्चे धर्म को समझने का कभी प्रयास ही नहीं करते हैं। अंधविश्वासों को ही वे धर्म मानने लगते हैं। धर्म-गुरुओं के चक्करों में पड़े रहते हैं, किंतु सच्चा सुख पाने में सफलता नहीं पाते हैं।

सच्चा सुख तो केवल एक मानसिक अवस्था है, जो परिस्थितियां अनुकूल होने पर ही अनुभव होता है। भौतिक सुखों से उसका कोई संबंध नहीं होता है। व्यक्ति चाहे राजा हो, चाहे रंक। सुख तो सभी को केवल एक विशेष मानसिक अवस्था प्राप्त कर लेने के पश्चात ही प्राप्त हो पाता है। भौतिक वस्तुओं में सुख ढूंढ़ना तो केवल एक मृग-मरीचिका के समान ही है।

हंसने से दिल का व्यायाम होता है

प्रसन्नता और हंसी दोनों जुड़वां बहनें हैं, जो ईर्ष्या और द्वेष से उलटा कार्य करती हैं। ईर्ष्या और द्वेष दिल को रोग लगा देती हैं, वहीं प्रसन्नता और हंसी उसे स्वस्थ रखने का कार्य करती हैं। जब कोई व्यक्ति दिल खोलकर हंसता है, तो उसके दिल का व्यायाम हो जाता है।

हंसी में सबसे महत्वपूर्ण बात यह है कि शरीर के अंदर कुछ क्रियाएं तभी हो पाती हैं, जब व्यक्ति प्रसन्न मुद्रा में होता है। जब व्यक्ति हंसता है, तो दिमाग में स्थित पीनियल-ग्लैंड एक विशेष प्रकार का हारमोन-रस छोड़ने लगता है, जिसे 'कैटेचालमलाइन' कहते हैं। फिर उस रस के मेल से एक और रस बनता है, जिसे 'एंडोरफाइन' कहते हैं। यह रस ही दिल को स्वस्थ बनाकर उसे लंबी आयु प्रदान करता है।

योगी लोग इस रस को नष्ट होने से बचाने के लिए खेचरी मुद्रा का प्रयोग करते हैं। कुंडलिनी योग में यह माना जाता है कि सोमचक्र, जो पीनियल ग्लैंड में स्थित सहस्रार चक्र से थोड़ा सा नीचे स्थित होता है, उसमें कामधेनु, अंबिका, लंबिका एवं तलिका नामक नाड़ियों में से अमृत-रस बाहर निकलता है, जो भ्रमर गुफा, जिसे निर्झर गुफा भी कहते हैं, से होकर नीचे को बहता रहता है। उसे नीचे पेट की अग्नि में गिरकर नष्ट होने से रोकने के लिए ही योगी लोग खेचरी मुद्रा का प्रयोग करते हैं। समाधि की अवस्था में वे खेचरी मुद्रा लगाकर ही बैठते हैं।

यह रस हार्टअटैक से भी रक्षा करता है। इसीलिए कहा जाता है कि जितना भी हो सके, दिल खोलकर हंसना चाहिए।

आजकल शहरों में लोगों ने ऐसे क्लब बनाने शुरू कर दिए हैं, जो लोगों को चुटकुले और हास्य कविताएं सुनाकर हंसाने का काम करते हैं। ऐसा भी माना जाता है कि जितना लाभ ऐरोबैटिक व्यायाम से होता है, उससे भी कहीं अधिक दिल खोलकर हंस लेने से हो जाता है। इसलिए व्यक्ति को हंसने का कोई भी मौका चूकना नहीं चाहिए।

भय मानव का भयंकर शत्रु

भय को मानव का सबसे बड़ा शत्रु माना गया है। कुछ कार्य तो व्यक्ति को केवल भय के कारण ही करने पड़ते हैं। जब व्यक्ति किसी काल्पनिक भय से भयभीत रहता है, तो उसे 'भीति' कहते हैं। यह असामान्य भय व्यक्ति को कोई-न-कोई रोग लगा देता है।

कुछ लोग वीरान स्थान को देखकर भयभीत हो जाते हैं, कुछ ऊंचे स्थान से, कुछ बंद कमरे से, कुछ रक्त बहता देखकर ही भयभीत हो जाते हैं। कुछ लोग पानी से बहुत भयभीत रहते हैं, इसीलिए तैरना भी नहीं सीखते। कुछ भाषण देने से भयभीत हो जाते हैं और भय के मारे बोल ही नहीं पाते हैं। कुछ महिलाओं से इतने भयभीत रहते हैं कि अकेले में किसी से बात ही नहीं कर पाते। कुछ लोगों को गंदगी से इतनी घृणा होती है कि किसी गंदी वस्तु को देखते ही उलटी होने लगती है। कुछ अंधेरे से इतना अधिक डरते हैं कि अंधेरे कमरे में सो ही नहीं पाते। कुछ लोग भीड़ से इतना डरते हैं कि उससे दूर ही रहना चाहते हैं।

कुछ भय की आशंका से ही भयभीत रहते हैं और दिन-रात उसी से ही परेशान रहते हैं। कुछ शोर से इतना डरते हैं कि घबराहट के मारे कांपने लगते हैं। कुछ तेज रोशनी से बहुत डरते हैं और सदा कम प्रकाश में ही रहना चाहते हैं। कुछ आग से जल जाने से इतना भयभीत रहते हैं कि उसके पास जाने से भी डरते हैं। कुछ व्यक्ति भोजन में कुछ मिला हुआ न हो, इससे इतने भयभीत रहते हैं कि भोजन का आनंद ही नहीं उठा पाते। कुछ मौत से इतना डरते हैं कि किसी मृत व्यक्ति का शव भी

देख नहीं पाते। कुछ को यह भय सताता रहता है कि कोई उन्हें विष देने की योजना बना रहा है। ऐसे व्यक्ति कुछ अज्ञात लोगों से इतना अधिक भयभीत रहते हैं कि किसी अज्ञात व्यक्ति को घर के अंदर ही घुसने नहीं देते। कुछ गड्ढा देखकर भयभीत हो जाते हैं और उसे अपनी ही कब्र समझने लगते हैं। कुछ किसी बीमारी की आशंका से ही भयभीत रहते हैं। कुछ जंगली पशुओं से इतना भयभीत रहते हैं कि भय के मारे चिड़ियाघर भी नहीं जाते। जिसके भी मन में कोई 'भीति' घुस जाती है, वह व्यक्ति को परेशान करती रहती है।

अज्ञात भय से भयभीत रहना

कुछ लोग किसी-न-किसी अज्ञात भय से सदा भयभीत रहते हैं। उस भय से बचने के उपाय भी करते हैं। किसी हानि का भय, शत्रु का भय, मृत्यु का भय आदि कुछ ऐसे भय हैं, जिनसे कई लोग सदा भयभीत रहते हैं और उस काल्पनिक भय से बचने के उपाय भी करते हैं। ऐसे व्यक्ति जितने अधिक सुरक्षा के उपाय करते हैं, उतने ही और अधिक भयभीत हो जाते हैं। इसीलिए सुरक्षा के नाम पर बहुत अधिक खर्च किया जाता है। धनी लोग तो और भी अधिक भयभीत रहते हैं।

विश्व में सबसे अधिक शक्तिशाली देश भी भयभीत रहते हैं। इसीलिए वे अपनी सुरक्षा पर बहुत अधिक व्यय करते हैं। वास्तव में जिसे हम अपनी शक्ति समझते हैं, वह वास्तविक शक्ति नहीं होती। वास्तविक शक्ति तो केवल आत्म-जागरण में ही निहित होती है।

भूत-प्रेत का भय

क्या आपने कभी इस बात पर गंभीरतापूर्वक विचार किया कि भूत-प्रेत का भय पढ़े-लिखे और समझदार लोगों को क्यों नहीं सताता? केवल अनपढ़, नपुंसक, कामुक, विधवाएं, निठल्ले, पेटू और भूखे लोगों पर ही भूत-प्रेत का साया क्यों पड़ता है? जब आप इसका मनोवैज्ञानिक कारण समझ जाएंगे, तो भूत-प्रेत की छाया से सदा के लिए मुक्त हो जाएंगे। भूत-प्रेत का वहम

मन के अंदर छिपा हुआ एक काल्पनिक भय होता है, जो उचित अवसर पाते ही बाहर आ जाता है।

मानव मन की यह एक विशेषता है कि जिस वस्तु से आप भयभीत रहेंगे, मन उस वस्तु से सामना करवा ही देगा और उसे आपके सामने लाकर खड़ा कर देगा। जब आपका मन काल्पनिक भय के रहस्य को समझ जाएगा, तो छिपा हुआ भय स्वयं ही मन के अंदर से भाग जाता है।

यदि आप भी किसी काल्पनिक भय से भयभीत रहते हैं, तो अपने मन को समझाइए कि आपने स्वयं उस भय को पाल रखा है और वास्तव में वह भय कुछ भी नहीं है। ऐसी भावना मन में रखने से आप शीघ्र ही उस काल्पनिक भय से मुक्त हो जाएंगे।

भीति की भावना विकसित होने के कारण

मन में किसी भीति की भावना का विकास इसलिए हो जाता है कि व्यक्ति अपने अवचेतन मन में छिपे किसी बाहर के भय से स्वयं को सुरक्षित रखना चाहता है। अतः भीति की भावना व्यक्ति की आत्मरक्षा की भावना का एक उपाय मात्र है, जिसे अपनाकर व्यक्ति स्वयं को सुरक्षित अनुभव करने लगता है।

कुछ भय ऐसे होते हैं, जो हमने स्वयं पाले होते हैं या हमारे माता-पिता या किसी भी अन्य व्यक्ति ने जाने या अनजाने में हमारे अंदर भर दिए होते हैं।

माता-पिता बच्चों पर नियंत्रण रखने के लिए अकसर उन्हें कोई-न-कोई काल्पनिक भय दिखाते रहते हैं। उदाहरण के लिए कुछ मां-बाप बच्चों को सुलाने के लिए अकसर कह देते हैं कि सो जाओ, नहीं तो बिल्ली आ जाएगी। यह भय ही धीरे-धीरे उनके अवचेतन में जमा होता रहता है और उचित अवसर पाकर बाहर आने लगता है।

कुछ भय ऐसे हैं, जो व्यक्ति स्वयं पाल लेता है। यदि किसी सांप ने फुंकार मार दी, तो वह सदा सांपों से भयभीत होता रहेगा। यदि कभी आग से जल गया, तो आग के प्रति उसके मन में भय की भावना भर जाएगी। यदि अंधेरे में उसके साथ कोई दुर्घटना हो गई, तो अंधेरे से ही

डरने लगेगा। यदि कभी किसी कुत्ते ने काट लिया, तो कुत्तों के प्रति मन में भीति की भावना भर जाएगी।

धमकी भरे आवेग से भय

यदि किसी व्यक्ति के मन में यह आवेग पैदा हो जाए कि वह पत्नी को नदी में डुबाकर उसकी हत्या कर देगा, तो ऐसी भावना मन में भर जाने से पानी के प्रति भीति की भावना आ जाएगी।

यदि किसी महिला के मन में यह भावना पैदा हो जाए कि उसका गर्भस्थ बच्चा जन्म न ले, तो इससे धीरे-धीरे उसके मन में अकेला रहते समय भीति की भावना भरी रहेगी। भय को मन से भगाने के लिए यह आवश्यक है कि पहले इस बात का पता लगाया जाए कि किन कारणों से भय अवचेतन मन में समाया हुआ है। उन कारणों को जान लेने के पश्चात् ही भय का इलाज संभव हो सकता है।

व्यक्ति को किसी भय से मुक्त करने के लिए कई विधियों का सहारा लिया जाता है। इनमें मुख्य हैं : 1. व्यवहार चिकित्सा, 2. संवेदनशीलता समाप्त करना, 3. व्यवहार रूपांतर विधि।

इन विधियों की सहायता से अवचेतन में छिपे हुए भय को धीरे-धीरे बाहर निकाल दिया जाता है और व्यक्ति भयमुक्त हो जाता है।

भीतियां

लोगों में प्रायः निम्न प्रकार की भीतियां देखने को मिलती हैं :

1. **स्त्री भीति :** स्त्रियों से भयभीत हो जाना।
2. **रुधिर भीति :** किसी का रक्त देखकर भयभीत हो जाना।
3. **जल भीति :** नदी, तलाब आदि के पानी से भयभीत हो जाना।
4. **भाषण भीति :** भाषण देने के समय भयभीत हो जाना।
5. **संसर्ग भीति :** मेल-मिलाप बढ़ाने से भयभीत रहना।
6. **मैल भीति :** गंदी वस्तु को देखकर घबराहट पैदा होना।
7. **रोग भीति :** किसी काल्पनिक रोग से भयभीत रहना।
8. **बाह्य भीति :** किसी वीरान स्थान को देखकर डर जाना।

9. उत्तुंगता भीति : ऊंचे स्थान से डर जाना।
10. निशा भीति : अंधरे से डरना।
11. सम्मर्द भीति : भीड़ को देखकर डर जाना।
12. पाप भीति : यह भय कि कहीं कोई पाप न हो जाए।
13. उच्च स्वर भीति : शोर सुनकर डर जाना।
14. दीप्ति भीति : तेज प्रकाश देखकर डर जाना।
15. दहन भीति : आग देखकर डर जाना।
16. भोजन भीति : यह भय कि कहीं अमुक भोजन हानि न पहुंचा दे।
17. निखलन भीति : खुदे हुए गड्ढे को अपनी ही कब्र मान लेना।
18. मरण भीति : मृत्यु से भयभीत रहना।
19. विष भीति : कोई भोजन में विष मिलाकर न दे दे।
20. अज्ञातजन भीति : अजनबी लोगों से भयभीत रहना।
21. जंतु भीति : पशु एवं कीड़ों-मकोड़ों से भयभीत रहना।

भय दूर करने के उपाय

संसार में ऐसी कोई भी दवा या इंजेक्शन नहीं है, जिसकी सहायता से भय को मन से बाहर भगाया जा सके। भय की भावना का विकास एक मनोवैज्ञानिक समस्या है, जिसका सीधा संबंध मानव मन से है।

अधिकतर भय केवल काल्पनिक धारणाएं ही होते हैं, जो बचपन में ही जाने-अनजाने हमारे माता-पिता ने मन में भर दिए होते हैं। भूत-प्रेत संबंधी कहानियां पढ़ने एवं फि ल्में देखने से भी मन के अंदर भय की भावना भरी रह जाती है।

कुछ भय ऐसे हैं, जो व्यक्ति किसी परिस्थितिवश स्वयं ही पाल लेता है, जैसे यदि किसी को कभी किसी कुत्ते ने काट लिया, तो कुत्तों के प्रति उसके मन में भय की भावना भर जाएगी। यदि कोई व्यक्ति कभी आग से जल गया, तो आग के प्रति उसके मन में भय की भावना भर जाएगी। यदि किसी की यात्रा के दौरान गाड़ी दुर्घटनाग्रस्त हो गई, तो वह यात्रा करने से सदा भयभीत रहेगा। इसलिए भय की भावना को अपने अंतर्मन से बाहर निकालने के लिए यह आवश्यक है कि व्यक्ति सबसे पहले अपने

मन को यह समझाए कि उसके अधिकतर भय मन की कल्पना हैं या मन में बैठा दिए हैं।

जब आपका मन काल्पनिक भय के रहस्य को समझकर ग्रहण करने लगेगा, तो भय भी धीरे-धीरे कम होने लगेगा।

जिस वस्तु से भी आप भयभीत हो रहे हों। उसे ही बार-बार करने का प्रयास करते रहें और साथ ही मन को निर्देश भी देते रहें कि देखता हूं भय मेरा क्या बिगाड़ लेगा। मैं व्यर्थ ही उससे भयभीत हो रहा हूं। यदि आप अंधेरे से भयभीत रहते हों, तो अंधेरे में रहने का प्रयत्न करें। अपने कमरे में काफी देर तक अंधेरे में बैठे रहें और आंखें खुली रखें।

यदि आप बुढ़ापे या मृत्यु से भयभीत रहते हैं, तो आपको मन को यह समझाना पड़ेगा कि बुढ़ापा और मृत्यु जीवन के आवश्यक भाग हैं। मृत्यु को टालना किसी के लिए भी संभव नहीं है। जिन देवी-देवताओं को हम भगवान मानकर पूजते हैं, वे भी अपनी मृत्यु को टाल नहीं पाए थे। जीवनरूपी सिक्के का दूसरा पक्ष मृत्यु ही है, इसलिए मृत्यु से कभी भी भयभीत नहीं होना चाहिए। मृत्यु का समय पहले से ही निश्चित होता है। धन या बल की सहायता से उसे रोका नहीं जा सकता। जिन्होंने अमर रहने का वरदान प्राप्त कर लिया था, उनकी भी निश्चित समय पर मृत्यु हुई थी। मृत्यु से भयभीत रहकर आप व्यर्थ में ही अपनी मानसिक शांति नष्ट कर रहे हैं।

मनोविज्ञान के अनुसार मानव मन की यह एक विशेषता है कि व्यक्ति जिस वस्तु से भयभीत रहता होगा। उसका मन उसी वस्तु से सामना अवश्य करवा देता है। भूत-प्रेत से भयभीत रहने वाले व्यक्ति को अपने चारों ओर भूत-प्रेत ही दिखाई देते रहते हैं।

उद्विग्नता से तनाव

भय एवं भविष्य की चिंता को उद्विग्नता कहा जाता है। एक उद्विग्न व्यक्ति किसी भी विषय पर अपने मन को एकाग्र नहीं कर पाता। कोई निश्चय कर पाने में उसे काफी कठिनाई होती है। वह बहुत भावुक रहता है और सदा हतोत्साहित होता रहता है। चैन की नींद सो नहीं पाता। उसे बहुत पसीना आता रहता है और उसकी मांसपेशियों में तनाव बना रहता है।

उद्विग्न व्यक्ति सदा भय और तनाव से घिरा रहता है। हताशा उसे परेशान करती रहती है। सदा घबराहट की स्थिति बनी रहती है। गरदन और कंधों में दर्द अनुभव होता है। बार-बार पेशाब आता है। रक्तचाप तथा नाड़ी की गति बढ़ जाती है। रात को डरावने स्वप्न आते हैं, जैसे वह किसी ऊंचे स्थान से नीचे गिर गया हो, किसी ने उसे गोली मार दी हो, कोई उसकी हत्या करने के लिए पीछे भाग रहा हो।

प्रत्येक उद्विग्न व्यक्ति में ये सभी लक्षण एक साथ नहीं पाए जाते, बल्कि इनमें से कुछ पाए जाते हैं। यह स्थिति केवल थोड़े समय के लिए रहती है, फिर स्वयं ही मन शांत हो जाता है। यह स्थिति दिन में कई बार भी उभर सकती है, सप्ताह में एक-दो बार या महीने में एक-दो बार ऐसा हो सकता है। ऐसी स्थिति के पीछे चिंता का मुख्य हाथ होता है।

उद्विग्नता शरीर के किस भाग में

मानव दिमाग को मुख्यतः दो भागों में बांटा जाता है। ऊपरी भाग एवं निम्न

भाग। ऊपर का भाग 'सेरेब्रल कोर्टेक्स' से बना होता है। मानव की चेतना एवं इच्छा-शक्ति का स्थान भी इसी भाग को ही माना जाता है। यदि व्यक्ति का 'सेरेब्रल कोर्टेक्स' ठीक से कार्य कर रह रहा हो, तभी उसकी चेतना एवं इच्छा-शक्ति ठीक से कार्य कर पाती है।

दिमाग के निचले भाग में भावनाएं, आदतें, दबी हुई इच्छाएं, स्मरण-शक्ति, प्रवृत्तियां एवं ग्रंथियां आदि होती हैं। व्यक्ति के सभी अनैच्छिक कार्य का संचालन भी इसी भाग से होता है। इस भाग का संचालन नरवस सिस्टम द्वारा होता है। दिमाग के इस भाग को अवचेतन मन भी माना जाता है।

इस भाग में थैलमस एवं हाइपो-थैलमस नामक दो नख केंद्र होते हैं। ये केंद्र एक विशेष प्रकार का कार्य करते हैं। खोज से पता चला है कि यह हाइपो-थैलमस नामक स्थान ही उद्विग्नता का उद्गम स्थान माना जाता है।

दिमाग के ये दोनों भाग आपस में तालमेल से कार्य करते हैं। यदि दिमाग का निचला भाग ऊपर के भाग का आदेश मानने से इनकार कर दे, तो व्यक्ति का संतुलन बिगड़ जाता है। यदि किसी कारण से सेरेब्रल कोर्टेक्स वाला ऊपरी चेतन भाग दुर्बल हो जाए, तो उसका कार्य हाइपो-थैलमस करने लगता है। यही कारण है कि कुछ व्यक्ति कई बार बहुत अधिक भावुक हो जाते हैं और सामान्य व्यवहार नहीं कर पाते हैं।

उद्विग्नता में लोगों का व्यवहार

तनाव को उद्विग्नता का जनक माना जाता है। चिंता को इसकी बहन और मन को जननी माना जाता है। मन ही इसका पालन-पोषण करता है और इसके फलने-फूलने में सहायता करता है। इससे ग्रस्त व्यक्ति हर बात से परेशान रहता है। उसे हर समय कुछ-न-कुछ अनहोनी घटित होने का भय बना रहता है।

कुछ लोगों के मन में यह भय समाया रहता है कि उनके परिवार का जो सदस्य बाहर जा रहा है, वह जीवित घर वापस नहीं लौटेगा और कहीं-न-कहीं उसके साथ दुर्घटना हो जाएगी। कुछ लोगों को सदा यह भय

बना रहता है कि उनके घर में कोई चोर घुस आएगा और घर का सामान लूटकर ले जाएगा। कुछ लोगों को सदा यह आशंका रहती है कि उन्हें कोई ऐसी बीमारी हो गई है, जिससे उनकी मृत्यु हो सकती है।

कुछ महिलाओं के मन में यह आशंका भर जाती है कि उनका पति किसी दूसरी स्त्री के पास जाता है, इसीलिए वह आजकल उसकी ओर पूरा ध्यान नहीं देता है। इसी कारण से वह घर देर से आता है। कुछ लोगों को यह भ्रम होता है कि उन्हें रातभर नींद नहीं आएगी।

कुछ लोगों को यह भ्रम हो जाता है कि कुछ व्यक्ति उसे घूरते रहते हैं और कोई हानि पहुंचाना चाहते हैं।

कुछ लोग आलोचना के भय से ही घबराए रहते हैं और उससे बचने के उपाय सोचते रहते हैं।

कुछ लोगों के मन में यात्रा करते समय यह भय बना रहता है कि जिस वाहन में वे यात्रा कर रहे हैं, वह दुर्घटनाग्रस्त हो सकता है।

अपनी उद्विग्नता को छिपाए रखने के लिए कुछ लोग विचित्र प्रकार का व्यवहार करने लगते हैं और नकली जीवन जीते रहते हैं। ऐसा करने से उनकी परेशानियां कम होने की बजाय और भी बढ़ जाती हैं।

उद्विग्नता का शरीर पर प्रभाव

उद्विग्नता बढ़ने से शरीर पर कई प्रकार के प्रभाव दिखाई देने लगते हैं, जैसे गला सूखने लगता है, कंपन होने लगता है, दिल की धड़कन बढ़ जाती है, मांसपेशियां ऐंठने लगती हैं, बार-बार पेशाब आने लगता है, जी मिचलाने लगता है, बोलते समय तुतलाहट होने लगती है, कुछ लोगों का रंग भी पीला पड़ जाता है।

अधिक उद्विग्नता

उद्विग्नता उन लोगों को ही अधिक होती है, जो चिंता में डूबे और परेशान रहते हैं। यह बच्चों, बूढ़ों और युवकों में किसी को भी हो सकती है। केवल आत्म संयम रखने वाला व्यक्ति ही इसके प्रभाव से स्वयं को बचाए रखने में सफलता पाता है।

उद्विग्नता पैदा करने वाला भय वास्तविक न होकर केवल काल्पनिक ही होता है। व्यक्ति व्यर्थ में ही उस भय से भयभीत रहता है, जो वास्तव में होता ही नहीं।

उद्विग्नता के कारण

आज की आधुनिक जीवन-शैली में व्यक्ति को बहुत अधिक भाग-दौड़ करनी पड़ती है, जिससे थकान एवं तनाव की स्थिति बनी रहती है। स्पर्धा, प्रतियोगिता और अधिकाधिक धन कमाने का लालच भी दिन-प्रतिदिन बढ़ता ही जा रहा है। इस प्रकार की जीवन-शैली में तनावयुक्त रहना साधारण बात है। यह तनाव ही बाद में उद्विग्नता का रूप धारण कर लेता है।

कुछ लोग मजबूरी में अपनी चादर से अधिक पैर पसार लेते हैं। घर के लिए कई वस्तुएं उधार या किस्तों में खरीद लेते हैं। इन किस्तों को चुकाने के चक्कर में भी परेशान एवं तनाव में रहते हैं। यही स्थिति बाद में उद्विग्नता का रूप धारण कर लेती है।

कुछ लोग ऐसे भी होते हैं, जो प्रायः हर बात का विरोध करते हैं। कुछ सदा विपरीत विचार रखते हैं। ऐसे स्वभाव वाले लोग भी अपने अंदर उद्विग्नता पैदा कर लेते हैं।

उद्विग्नता की पहचान

स्वयं को उद्विग्नता से बचाने के लिए कुछ लोग शराब पीने लगते हैं या किसी अन्य नशे का सेवन करने लगते हैं। कुछ लोग घूमने के लिए निकल जाते हैं। कुछ शारीरिक श्रम करने लगते हैं। कुछ लोग ऐसे हालात को नकारने का प्रयास करते रहते हैं, किंतु ऐसा करके वे अपनी उद्विग्नता को और अधिक बढ़ा लेते हैं।

कुछ लोग कठिन स्थितियों का सामना करने से बचने के लिए कायर और दब्बू बन जाते हैं। जो दूसरों के संपर्क में आने से घबराते हैं, वे भी दूसरों से दूर रहने का प्रयास करते हैं।

असामान्य उद्विग्नता से ग्रस्त लोग जीवन में आगे नहीं बढ़ पाते हैं, क्योंकि वे स्वयं को कठिन परिस्थितियों से बचाए रखने में ही लगे रहते हैं।

हीन भावना

हीन भावना से ग्रस्त लोग भी सदा परेशान रहते हैं। इस भावना को छिपाने के लिए वे सदा झूठा शक्ति प्रदर्शन करने का प्रयास करते हैं। इसी चक्कर में कई बार ऐसा विचित्र व्यवहार भी करने लगते हैं कि देखने वाले हंस-हंस कर लोट-पोट हो जाते हैं।

उद्विग्नता से कैसे बचें

सबसे पहले मन में छिपी हुई उद्विग्नता संबंधी ग्रंथियों का पता लगाएं कि वह कौन-सी बात है, जो आपको इतना परेशान कर रही है। पता लगाकर उससे छुटकारा पाने का प्रयास करें।

नशीली दवाइयों के सेवन से तो केवल कुछ समय के लिए छुटकारा पाया जा सकता है। जब भी कभी आप स्वयं को उद्विग्न अवस्था में पाएं, तो उस समय आप आराम करने मत बैठ जाएं। ऐसा करने से मन उद्विग्नता पर ही केंद्रित हो जाता है और वह अधिक बढ़ जाती है। अपने दिमाग को कभी भी खाली मत रखें, उसे रेडियो, टेलीविजन, संगीत, कला और खेलों आदि में लगाए रखें।

एक उद्विग्न व्यक्ति अपने आसपास ऐसे वातावरण का निर्माण कर लेता है, जो उसके आसपास रहने वालों को भी परेशान करने लगता है।

प्राणायाम एवं ध्यान लगाने से भी उद्विग्नता से आराम मिल सकता है।

उदासी

तनाव और उत्तेजना जब शांत होने लगती है, तो व्यक्ति शारीरिक रूप से एक स्थान पर बैठ जाता है और चिंता तथा खिन्नता के कारणों पर विचार करने लगता है। यह उदासी की प्राथमिक अवस्था है। उदासी में व्यक्ति का चिंतन लगातार चलता रहता है, वह किसी निष्कर्ष पर नहीं पहुंच पाता। चिंतन में अत्यधिक ऊर्जा खप जाने के कारण उसे कमजोरी, घबराहट, बेचैनी हो सकती है तथा ब्लड प्रेशर सामान्य से नीचे गिर सकता है। मनोविकारों के संबंध में इस अवस्था को डिप्रेशन कहा जा सकता है। यह अवस्था भी लंबे समय तक बने रहने पर घातक हो सकती है। अतः स्वास्थ्य की दृष्टि से उदासी की स्थितियों से बचना चाहिए। इसके लिए आवश्यक है कि हम जल्द से जल्द उन मूल कारणों को जान लें, जिनसे ये मनोविकार पैदा हुए हैं। कारण समझ में आते ही मनोविकारों की तीव्रता घट जाती है। इन कारणों को दूर करने का उपाय समझ में आते ही मन आश्वस्त हो जाता है। इस प्रकार उदासी से कुछ हद तक छुटकारा पाया जा सकता है। रोग को पूरी तरह समाप्त करने के लिए मनोचिकित्सक की राय लेनी चाहिए।

उदासी से बचाव

जब व्यक्ति उदास होता है, तो उसे कुछ भी अच्छा नहीं लगता। जीवन के प्रति मोह घट जाता है, भूख कम हो जाती है, नींद भी कम आती है

और जीवन दूभर लगने लगता है। जब भी कभी आप स्वयं को ऐसी स्थितियों में पाएं, तो समझ लीजिए कि आपको उदासी परेशान कर रही है।

उदासी के कुछ मुख्य कारण

किसी क्षेत्र में असफलता, अपराध-बोध की भावना, जीवन-साथी का बिछुड़ना, घर-परिवार एवं आत्मीय जनों से दूर हो जाना, असुरक्षा की भावना, नौकरी की नीरसता, बेरोजगारी और काम की अधिकता आदि बातें उदासी के प्रमुख कारण हो सकते हैं।

ऐसी अवस्था केवल थोड़े समय के लिए ही रहती है। फिर स्वयं ही उससे मुक्ति मिल जाती है।

यदि आपको भी कुछ ऐसा ही आभास हो रहा हो, तो आप स्वयं भी कारणों का पता लगा सकते हैं।

उदासी से छुटकारा कैसे पाएं?

उदासी की स्थिति में आप स्वयं से कुछ सवाल पूछें :
- वह कौन सी बात है, जो मुझे उदास बना रही है?
- रात को मुझे चैन की नींद क्यों नहीं आ रही है?
- इन परेशानियों से मुझे क्या लाभ हो रहा है।
- यह तो मेरे जीवन में केवल विष ही घोल रहा है।

ऐसा तर्क-वितर्क करने से आपकी उदासी कम होने लगेगी और देखते-ही-देखते नौ दो ग्यारह हो जाएगी। आप पुनः स्वाभाविक मानसिक स्थिति में लौट आएंगे।

परेशानियां

जीवन में प्रत्येक व्यक्ति किसी-न-किसी समस्या से सदैव परेशान रहता है। जैसे ही वह एक परेशानी को दूर करता है, तो दूसरी से घिर जाता है। कोई संतान न होने से परेशान है, तो कोई संतान के कृतघ्न होने से। कोई धन की कमी से परेशान है, तो कोई आयकर देने से, कोई पति से परेशान है, तो कोई पत्नी से। कोई बीमारी से परेशान है, तो कोई पड़ोसी से। कोई

मकान-मालिक से, तो कोई किराएदार से। कोई सुंदर न होने से, तो कोई बाल सफेद हो जाने से। कोई बुढ़ापे से, तो कोई मोटापे से परेशान है।

ऐसी परेशानियों से स्वयं को बचाए रखना काफी कठिन कार्य है। यह केवल समझदारी से ही संभव है। जो लोग इन परेशानियों से ही घिरे रहते हैं, वे मानसिक शांति प्राप्त नहीं कर पाते हैं। अपने मन को समझाएं कि परेशान रहने से तो कोई समस्या हल नहीं हो पाएगी। उलटे आप किसी रोग से ग्रस्त हो जाएंगे। इसलिए आप अपनी सभी परेशानियों को दूर करने के निरंतर ठोस उपाय करते रहें।

आधुनिक जीवन शैली के कुछ रोग

हमारे समाज में आधुनिक जीवन शैली भी कुछेक रोगों व आदतों को जन्म दे रही है। इसके चलते उत्पन्न हुए कुछ रोगों का आगे वर्णन किया जा रहा है, साथ ही उन पर काबू पाने के उपायों का भी।

अनिद्रा नहीं, उसका भय हानिकारक

संसार में बहुत से लोग ऐसे हैं, जो इस बात से चिंतित रहते हैं कि उन्हें रात को नींद नहीं आती। कई लोग तो नींद लाने की दवाइयों का भी सेवन करते हैं। वे दवाइयों के इतने आदी हो जाते हैं कि दवा लिए बिना सो नहीं पाते।

पहले हम इस बात पर विचार करेंगे कि नींद कैसे आती है। नींद आने की स्थिति को वैज्ञानिकों ने चार भागों में बांटा है। जांच करने से पता चला है कि एक सामान्य व्यक्ति अपनी निद्रावस्था का लगभग बीस प्रतिशत भाग पहली अवस्था में व्यतीत करता है। यही वह अवस्था है, जिसमें लोग प्रायः स्वप्न देखते हैं। साठ प्रतिशत समय दूसरी और तीसरी में तथा शेष बीस प्रतिशत चौथी अवस्था में व्यतीत होता है।

90 मिनट के अंतराल में व्यक्ति ये चारों अवस्थाएं पूरी कर लेता है और फिर से उन्हीं अवस्थाओं को दोहराने लगता है। सारी रात नींद का ऐसा ही क्रम चलता रहता है। पहले हलकी नींद, फिर गहरी नींद। विभिन्न अवस्थाओं का यही क्रम लगातार चलता रहता है।

यदि किसी व्यक्ति में कोई मानसिक विकार पैदा हो जाए या कोई अन्य रोग लग जाए, तो उसकी नींद का क्रम भी गड़बड़ा जाता है।

ऐसा माना जाता है कि जीवित रहने के लिए जितनी नींद आवश्यक होती है, वह हर व्यक्ति को आ ही जाती है। यह बात अलग है कि कुछ लोगों को यह पता ही नहीं चलता कि उन्हें नींद कब आई थी और कब उखड़ गई। नींद के संबंध में जो भी आंकड़े उपलब्ध हैं, उनसे पता चलता है कि आज तक एक भी व्यक्ति की मृत्यु अनिद्रा के कारण नहीं हुई।

कुछ लोग रात को नींद न आने के कारण भयभीत हो जाते हैं, जिससे तनाव की स्थिति पैदा हो जाती है। उन्हें जो भी हानि होती है, वह उस तनाव के कारण ही होती है। जब तक मन में तनाव रहेगा, नींद नहीं आएगी।

नींद न आने से कोई हानि नहीं होती। संसार में ऐसे बहुत से लोग हैं, जो बहुत कम सो पाते हैं, फिर भी उनका स्वास्थ्य ठीक रहता है।

जो लोग शारीरिक श्रम करते हैं, वे बहुत जल्दी नींद का आनंद लेने लगते हैं और जो श्रम नहीं करते, उन्हें कोमल गद्दों पर भी जल्दी नींद नहीं आती। इसका कारण यह है कि श्रम करने से शरीर की मांसपेशियां थक जाती हैं और निद्रा में ही अपने अंदर नई ऊर्जा का संचार कर पाती हैं। शरीर जितना अधिक थका होगा, नींद भी उतनी ही अधिक गहरी आएगी। कुछ लोग तो चलते-चलते और यात्रा करते समय भी सो जाते हैं।

सोने से पहले कोई किताब पढ़ना, जाप करना, उलटी गिनती गिनने लगना, आते-जाते श्वास पर ध्यान केंद्रित कर लेना, शव आसन का प्रयोग करके विभिन्न अंगों को शिथिल करना, ध्यान में बैठ जाना, किसी आनंद से भरपूर स्थिति की कल्पना करना जैसे कई उपाय हैं, जिनको करने से तनाव दूर हो जाता है। इनका मुख्य उद्देश्य ही है कि मन को तनाव की स्थिति से हटाकर शांत अवस्था में लाना है।

यदि आपको रात को नींद नहीं आती, तो घबराइए नहीं, शांत बने रहिए, नींद से कहिए कि जब तुम्हारी इच्छा हो आ जाना। तब तक मैं अमुक विषय पर सोच-विचार कर लेता हूं। आप आंखें बंद करके लेटे रहिए। जरूरत भर को जितनी नींद चाहिए, उतनी तो आ ही जाएगी। हो सकता

है कि आपको पता ही न चलने पाए। जितना अधिक आप तनाव से बचेंगे, उतनी अधिक नींद आएगी।

नींद की दवाइयां शरीर को बहुत हानि पहुंचाती हैं। जितना भी हो सके इनसे दूर ही रहें। यदि आपको नींद की दवा खाकर सोने की आदत पड़ जाएगी, तो फिर कभी भी आप सामान्य अवस्था की नींद का आनंद नहीं ले पाएंगे।

सदा याद रखें कि नींद न आने से कभी भी कोई हानि नहीं होती, किंतु चिंता करने से बहुत अधिक हो जाती है। मन को चिंता से हटाने के लिए आप किसी भी उपयुक्त विधि का प्रयोग कर सकते हैं। यदि आपके मन में यह बात बैठ जाए कि मुझे रात को नींद नहीं आएगी, तो याद रखिए कि यह चिंता और तनाव की ही स्थिति है, इससे वास्तव में नींद नहीं आने वाली है।

जब शराब शराबी को ही पीने लगे

शराब का नशा एक ऐसा नशा है, जिसका प्रचलन दिनों-दिन बढ़ता ही जा रहा है। जो भी सरकार शराब की बिक्री पर नियंत्रण लगाने का प्रयास करती है, वही बुरी तरह से असफल हो जाती है और विवश होकर शराब पर लगा नियंत्रण हटा लेती है। हरियाणा और कुछ अन्य राज्यों में ऐसा ही हुआ है।

कुछ लोग शराब पीने को अपनी सामाजिक प्रतिष्ठा के साथ जोड़ने लगे हैं। विवाह आदि खुशी के अवसरों पर शराब पीना और पिलाना रिवाज बनता जा रहा है। शराब का प्रयोग घूस देने के लिए भी होने लगा है। आज शराब कितने घरों को नष्ट कर चुकी है और करती चली जा रही है, यह जानकर मन कांप उठता है।

ऐसा माना जाता है कि एक शराबी की आयु सामान्य व्यक्ति से दस-बारह वर्ष तक कम हो जाती है। हृदय रोग एवं कैंसर से मरने वालों की संख्या के पश्चात् शराब से मरने वालों की संख्या ही सबसे अधिक है।

शराब पीने के पश्चात् व्यक्ति का दिमाग सुन्न हो जाता है। इससे उसकी अनुमान लगाने की क्षमता कम हो जाती है। कोई व्यक्ति शराब

पीकर गाड़ी चला रहा हो, तो दुर्घटना की अधिक संभावना रहती है। इस अवस्था में आत्मनियंत्रण भी कम हो जाता है। फिर धीरे-धीरे दबी हुई जंगली वासनाएं बाहर आने लगती हैं, जो उसके नियंत्रण से बाहर होती जाती हैं। ऐसे में वह कोई भी अनुचित कार्य कर सकता है।

शराबी की गति-समन्वय भी कम हो जाती है। वह चलते समय लड़खड़ाने लगता है। ठंड एवं पीड़ा अनुभव करने की क्षमता कम हो जाती है। उसे एक विशेष प्रकार की आनंददायक स्थिति का अनुभव होने लगता है, जिसमें उसे सभी प्रकार की चिंताओं से मुक्ति मिल जाती है। वह केवल आत्मसुख की स्थिति का ही अनुभव करता है, इसीलिए व्यक्ति बार-बार शराब पीता है। इस स्थिति में मांसपेशियों में संतुलन कम हो जाता है। आवाज लड़खड़ाने लगती है। दृष्टि भी अस्पष्ट हो जाती है। जब रक्त में एलकोहल की मात्रा 0.5 प्रतिशत तक पहुंच जाती है, तो शराबी का सारा तांत्रिक समन्वय गड़बड़ा जाता है। वह बेहोशी की अवस्था में चला जाता है। एक शराबी को मरने से बचाने के लिए ही शायद प्रकृति ऐसा करती है, क्योंकि यदि रक्त में एलकोहल की मात्रा 0.55 प्रतिशत तक पहुंच जाए, तो शराबी की मृत्यु होने की संभावना बनी रहती है।

इस बात का उतना महत्व नहीं है कि किसी शराबी ने कितनी शराब पी है, जितना इसका कि उसके रक्त में कितने प्रतिशत एलकोहल की मात्रा मिल चुकी है।

हर व्यक्ति पर शराब का अलग-अलग प्रभाव पड़ता है। यह उसके शरीर की बनावट, शारीरिक क्षमता, कैसा भोजन किया है, व्यक्तित्व कैसा है, कितने समय से शराब पी रहा है आदि बातों पर निर्भर करता है। धीरे-धीरे शराब पचाने की क्षमता भी बढ़ती जाती है। फिर उसे नशे के लिए और अधिक पीनी पड़ती है। कुछ लोग अधिक मात्रा में भी शराब पचा लेते हैं।

शराब पीने के पश्चात् यौन संबंध स्थापित करने की इच्छा भी जाग जाती है। इच्छा तो बढ़ जाती है, किंतु मैथुन क्षमता कम हो जाती है। नशे में उसने क्या कहा था या किया था, दूसरे दिन उसे कुछ भी याद नहीं रहता।

कुछ लोग नशा उतरने के पश्चात् सिर दर्द, थकावट और वमन की इच्छा भी अनुभव करने लगते हैं।

यह बात भी सदा ध्यान में रखना चाहिए कि शराब को शरीर में पचाने का काम जिगर को करना पड़ता है। जो अधिक मात्रा में शराब पीते हैं, उनका जिगर खराब हो जाता है, क्योंकि शराब पचाने के लिए जिगर को बहुत अधिक श्रम करना पड़ता है। इसीलिए नशेड़ियों को प्रायः लीवर सिरोसिस नामक रोग हो जाता है। इस रोग में जिगर की कोशिकाएं क्षतिग्रस्त हो जाती हैं।

शराब में कैलोरी की मात्रा बहुत अधिक होती है, जो भूख कम कर देती है, क्योंकि उसमें कोई पोषक तत्व नहीं होता, इसलिए पीने वाला कुपोषण का शिकार हो जाता है और उसमें पोषक तत्व ग्रहण करने की क्षमता कम हो जाती है। बाद में यह विटामिन की गोलियां खाकर भी पूरी नहीं की जा सकती। इससे रक्त के सफेद सैल्ज़ की बाहर के विषाणुओं से लड़ने की ताकत भी कमजोर हो जाती है। इस स्थिति में शराबी को कैंसर होने का खतरा भी बना रहता है।

आरंभ में ऐसा अनुभव होता है कि शराब संसार के सभी गमों को भुला देती है, किंतु जब पीने की आदत बन जाती है, तो अंतिम परिणाम बहुत ही भयंकर होता है। एक शराबी स्वयं को तो नष्ट करता ही है, अपने पारिवारिक जीवन को भी विनाश की तरफ ले जाता है। उसके स्वभाव में भी चिड़चिड़ापन बढ़ता जाता है।

इसीलिए कहा जाता है कि पहले तो शराबी शराब को पीता है, फिर शराब शराबी को पीने लगती है।

जब शराब पीने की आदत पड़ जाती है, तो उसे छोड़ना कठिन हो जाता है। क्योंकि उसके रक्त के सैल्ज़ एलकोहल के आदी हो चुके होते हैं और वे शराब पीने की इच्छा को बढ़ाते रहते हैं, जिसे शराबी रोक नहीं पाता है और बिना शराब पिए बहुत बेचैनी अनुभव करने लगता है। इससे बचने के लिए वह फिर शराब पीने लगता है और दुष्चक्र में फंसता चला जाता है। इसलिए जहां तक हो सके, शराब पीने से परहेज कर शांतिमय, सुखमय जीवन की ओर कदम बढ़ाना चाहिए।

जुआ एक बुराई

हमारा इतिहास इस बात का साक्षी है कि जुआ खेलना किसी-न-किसी रूप में प्रचलित अवश्य रहा है। महाभारत में तो पांडव जुए में ही अपना सारा राजपाट और पत्नी द्रौपदी को हार गए थे। इसका परिणाम महाभारत के युद्ध के रूप में सामने आया। नल और दमयंती की कहानी में भी जुए का प्रसंग आता है।

व्यक्ति पहले जुआ मनोरंजन के तौर पर खेलता है, जब वह एक बार जीत जाता है, तो उसका उत्साह बढ़ जाता है। वह सोचने लगता है कि एक बार फिर अवश्य जीतेगा। इसी आशा में वह बार-बार हारता चला जाता है और अपना सब कुछ गंवा देता है। उस कमी को पूरा करने के लिए कुछ लोग आपराधिक कार्य भी करने लगते हैं। चोरी और हेराफेरी जैसे अनेक अपराध करना उनकी मजबूरी बन जाती है।

जुए के कारण कई परिवार नष्ट हो चुके हैं और कई नष्ट होते जा रहे हैं। लाटरी जैसा सरकारी जुआ भी कई निर्धन परिवारों के घर उजाड़ चुका है। घुड़-दौड़, लाटरी, ताश, पासा, सट्टा, कैसिनो और बिंगो आदि जुए के ही कुछ रूप हैं। बहुत से लोग दीपावली के अवसर पर जुआ खेलना शुभ मानते हैं।

मानव स्वभाव से ही बहुत आलसी है। वह बिना कोई श्रम किए ही अधिक-से-अधिक धन कमाना चाहता है। इस कारण जुए का सहारा लेता है। बाद में जब जुआ आदत बन जाता है, तो उसके परिणाम भयंकर रूप में सामने आने लगते हैं। जुआरी के मन में यह धारणा बन चुकी होती है कि अगली बार वह अवश्य जीतेगा, इसलिए फिर जुआ खेलता है और हारता ही चला जाता है।

जब व्यक्ति जुए में हारता जाता है, तो उसके अंदर मानसिक तनाव पैदा हो जाता है और वह जुए के लिए धन जुटाने के चक्कर में ही लगा रहता है। उसकी मानसिक शांति भंग हो जाती है और तनाव से होने वाले रोग उसके अंदर पनपने लगते हैं। उसका पारिवारिक जीवन भी जुए के कारण प्रभावित हो जाता है।

जुआरियों को यह बात अवश्य समझ लेनी चाहिए कि जिसने भी जुए से धन कमाने का प्रयास किया, एक-न-एक दिन तबाह अवश्य हुआ। जुए के लती लोगों ने अपना और परिवार का जीवन सदैव संकट में बनाए रखा।

जुए में जीतना हारने से भी अधिक घातक होता है, क्योंकि जुआरी फिर और अधिक जीतने के लालच में अपना सब कुछ गंवा देता है।

व्यक्ति यदि सच्ची मानसिक शांति का आनंद लेना चाहता है, तो जुआ खेलना छोड़ दे। यह कोई कठिन कार्य नहीं है, इसके लिए केवल इच्छाशक्ति और आत्मविश्वास की आवश्यकता है। जिस व्यक्ति में ये दोनों चीजें होंगी वह कठिन परिस्थितियों से भी छुटकारा पा सकता है।

मानसिक शांति के रहस्य

जीवन में यौन का महत्व

मानव जीवन की आवश्यकताओं के क्रम में भूख, प्यास के पश्चात् यौन का ही स्थान है और सभी इच्छाएं इनके बाद ही आती हैं। किंतु प्रत्येक व्यक्ति में भिन्न-भिन्न प्रकार की यौन इच्छाएं देखने को मिलती हैं। प्रत्येक व्यक्ति में यौन कल्पनाएं, यौन अनुभव, यौन इच्छा पूरी करने के साधन, यौन क्षमता और यौन संबंधी तनाव भी भिन्न-भिन्न होते हैं।

यह सब इस बात पर निर्भर करता है कि यौन के विषय में व्यक्ति की पूर्व धारणाएं और प्राप्त अनुभव कैसे हैं।

व्यक्ति के लिए यौन एक आनंद प्राप्त करने का साधन भी हो सकता है और चिंता पैदा करने का भी। यौन तृप्ति की इच्छाओं का आधार व्यक्ति में अंतःस्रावी ग्रंथियों द्वारा बनाए जाने वाला हारमोन-रस होता है। यौन अंगों में उत्तेजना पैदा होने से एक विशेष प्रकार का आनंद प्राप्त होता है। यह आनंद ही यौन संबंध स्थापित करने की ओर प्रेरित करता है।

यदि किसी व्यक्ति को ऐसी शिक्षा दी गई हो कि यौन क्रियाएं तो केवल नरक के द्वार हैं, गंदे कार्य हैं, तो ऐसा व्यक्ति यौन संबंधों में आनंद उठाने की बजाय उनसे विमुख हो जाएगा। यौन इच्छाओं को पूरा करने के नियम भी हर समाज में भिन्न-भिन्न होते हैं।

प्यार करना एवं प्यार पाना भी संतुलित जीवन के विकास के लिए परम आवश्यक है।

यौन इच्छा स्वाभाविक

संसार में यौन संबंधी कई प्रकार की मिथ्या धारणाएं प्रचलित हैं। स्वप्नदोष के विषय में भी ऐसी ही कई धारणाएं हैं कि स्वप्नदोष से व्यक्ति दुर्बल हो जाता है। उस दुर्बलता से बचाने के नाम पर कई नीम-हकीम नवयुवकों को गुमराह करके लूटते रहते हैं।

तमाम खोजों से यह सिद्ध हो चुका है कि स्वप्नदोष कोई रोग नहीं है, यह तो व्यक्ति के यौन अंगों के स्वस्थ विकास का एक शुभ लक्षण है। यह प्रकृति की एक स्वाभाविक क्रिया है। यह भी सिद्ध हो चुका है कि हस्त-मैथुन से भी कोई हानि नहीं होती। इससे यौन संबंधी उत्तेजना को शांत करने में सहायता मिलती है।

मानसिक शांति पाने के लिए यह आवश्यक है कि आप स्वप्नदोष एवं हस्त-मैथुन के विषय में हर प्रकार की चिंता से मुक्त हो जाएं। यौन संबंधी कोई अच्छी पुस्तक पढ़कर अपने ज्ञान को बढ़ाएं। कई लोग यौन अज्ञानता के कारण व्यर्थ ही परेशान रहते हैं। पति-पत्नी संबंधों को सामान्य बनाए रखने के लिए भी यह आवश्यक है कि दोनों को यौन संबंधी आवश्यक ज्ञान हो।

झूठ का शरीर पर प्रभाव

वैज्ञानिकों ने विज्ञान एवं तकनीक की सहायता से एक ऐसी मशीन बनाई है, जिसे 'झूठ पकड़ने की मशीन' कहते हैं। यह मशीन बता देती है कि अमुक व्यक्ति जो कह रहा है, वह सच है या झूठ।

यह मशीन इस सिद्धांत पर कार्य करती है कि जब भी कोई व्यक्ति झूठ बोलता है, तो उसके दिल की धड़कन एवं रक्तचाप एकदम असामान्य हो जाता है और इस प्रकार झूठ पकड़ने में सहायता करता है।

जब एक बार झूठ बोलने से दिल की ऐसी स्थिति हो सकती है, तो जो व्यक्ति बार-बार झूठ बोलता होगा उसके दिल की क्या हालत होती होगी, इसका अनुमान आप सरलता से लगा सकते हैं।

जब रक्तचाप बार-बार असामान्य होता रहेगा, तो उससे शरीर में किसी-न-किसी रोग का जन्म अवश्य हो जाएगा। झूठ बोलकर आपने जिस

बीमारी का बीज बोया है, वह धीरे-धीरे जब पौधा बन जाएगा, तो आपको बहुत कष्ट पहुंचाएगा। यह कोई धार्मिक शिक्षा की बात नहीं है। यह तो प्रकृति का एक अटल नियम है, जो लागू होकर ही रहता है।

झूठ बोलकर प्राप्त होने वाला सुख केवल क्षणिक ही होता है, जो किसी-न-किसी रोग का बीज अवश्य बो देता है। शायद इसीलिए धर्म-ग्रंथों में झूठ बोलने को पाप कहा गया है। मगर आजकल लोग झूठ इसलिए बोलते हैं, क्योंकि वे सच बोलने से होने वाली हानि से डरते हैं और उससे बचना चाहते हैं। उनके झूठ बोलने से अंत में शरीर पर क्या प्रभाव पड़ेगा, उसे समझने का कभी प्रयास ही नहीं करते हैं।

इसलिए भविष्य में जब आप अपने किसी स्वार्थ की पूर्ति के लिए झूठ बोलें, तो इस चेतावनी पर भी अवश्य ध्यान दें कि प्रत्येक झूठ के साथ ही आप अपने अंदर एक विषयुक्त पौधे का बीज भी बो रहे हैं। प्रत्येक धर्म में सत्य बोलने एवं स्वार्थपूर्ण झूठ को त्यागने की शिक्षा दी जाती है, जिसका आधार भी यही है। वैसे भी एक झूठ को छिपाने के लिए व्यक्ति को अकसर कई झूठ बोलने पड़ते हैं।

अहंकार मानसिक शांति की बाधा

अहंकार को ही मानव एवं ईश्वर के बीच एक मुख्य बाधा माना जाता है। इस बाधा के हटते ही व्यक्ति को अपने अंदर एक नया परिवर्तन अनुभव होने लगता है। 'मैं-मेरा-ममकार' ही अहंकार कहलाता है। संसार के सभी धर्मों में किसी-न-किसी नाम से यह अवश्य जाना जाता है। व्यक्ति सदा इसी की तुष्टि में ही लगा रहता है और इसी प्रयास में कई व्यक्तियों को अपना शत्रु भी बना लेता है।

यह सत्य है कि अहंकार व्यक्ति की एक अलग पहचान भी बनाता है और अहंकार ही व्यक्ति को वास्तविकता से दूर भी ले जाता है। अहंकार को आत्मा को ठगने वाला माना जाता है। आत्म-ज्ञान का बाधक भी अहंकार ही होता है। यह व्यक्ति को अपनी ही कैद में बंद करके रखता है। कई बार सही निर्णय लेने में भी यह बाधक बन जाता है।

अहंकार से बच पाना बड़ा कठिन कार्य है। केवल आध्यात्मिकता से ही इसके प्रभाव को कम किया जा सकता है। पश्चिमी विचारक इसे शक्ति का स्रोत भी मानते हैं। इसे विचारकगण जीवन में विविधता लाने वाला भी मानते हैं।

अहंकार को कभी भी समाप्त नहीं किया जा सकता। उसमें धीरे-धीरे सुधार अवश्य किया जा सकता है। जिस प्रकार बीज के ऊपर छिलका चढ़ा होता है, उसी प्रकार अहंकार को भी आत्मा का छिलका माना जाता है। इस छिलके ने ही मानव की आत्मा को पूरी तरह से ढका हुआ होता है।

जैसे-जैसे अहंकार का प्रभाव कम होता जाता है, वैसे ही व्यक्ति का काम, क्रोध, मद, लोभ और मोह पर नियंत्रण बढ़ने लगता है। धार्मिक पुस्तकों में कई प्रकार के रूपकों की सहायता से अहंकार के प्रभाव को समझाया गया है। भस्मासुर की कहानी में भस्मासुर को ही अहंकार का प्रतीक माना गया है, जो स्वयं को अपनी मूर्खता से भस्म कर लेता है। अधिकतर पौराणिक कथाएं अहंकार के दुष्प्रभाव को दर्शाने के लिए ही रची गई हैं। कंस एवं रावण को भी अहंकार का प्रतीक माना जाता है।

अहंकार से स्वयं को बचाए रखने के लिए सरल उपाय यही है कि दूसरों को सम्मान की दृष्टि से देखो। स्वयं को बड़ा एवं दूसरे को तुच्छ समझने से सदा बचो। जब आप छोटे-बड़े, धनी-निर्धन सभी को सम्मान देने लगेंगे, तो आपका अहंकाररूपी भस्मासुर स्वयं ही भस्म हो जाएगा।

व्यर्थ की आलोचना से घबराएं नहीं

कुछ लोग अपनी आलोचना के भय से इतने भयभीत रहते हैं कि कोई नया कार्य शुरू ही नहीं करते। संसार में वही लोग कुछ कर दिखाते हैं, जो अपनी आलोचना से नहीं घबराते।

सभी महान व्यक्तियों के कार्यों की आरंभ में बहुत आलोचना हुई थी, किंतु वे लोग झूठी आलोचना की चिंता किए बिना दत्तचित्त होकर अपने कार्य को पूरा करने में लगे रहे। बाद में उन्हीं कार्यों की लोगों ने खूब प्रशंसा की।

ऐसे लोगों ने ही अपने कार्यों से तथा नए-नए आविष्कार करके संसार को सुखी, समृद्ध एवं सुंदर बनाया है।

विशेषज्ञों की आलोचना की ओर तो अवश्य ध्यान देना चाहिए, परंतु व्यर्थ की आलोचनाओं की ओर ध्यान नहीं देना चाहिए। कुछ लोग केवल आलोचना की आदत होने के कारण ही हर बात की आलोचना कर देते हैं। भले ही उनमें उस विषय को समझने की योग्यता न हो, तो भी वे आलोचना कर ही देंगे।

यदि आपने किसी कार्य को करने का संकल्प कर लिया है, तो सच्चे मन से उसे पूरा करने को जुट जाएं। लोगों की उस विषय में क्या प्रतिक्रिया होगी, इस बात से मत घबराएं। दृढ़ विश्वास के साथ किए गए कार्यों में सफलता अवश्य मिलती है। वही सफलता बाद में आलोचकों के लिए भी अनुकरणीय बन जाती है। जिन कामों की पहले आलोचना की जाती है। सफलता मिल जाने के पश्चात् उन्हीं कामों की प्रशंसा होने लगती है।

यदि ये महापुरुष आलोचना के भय से भयभीत होकर अपने मार्ग से हट गए होते, तो आज हम अपने जीवन में इतनी सुख-सुविधाएं न भोग रहे होते। व्यर्थ की आलोचना से कभी भी ना घबराएं। यदि आप अच्छे रास्ते पर हैं, तो उसी पर डटे रहें।

ईश्वर भी उन लोगों को ही मार्ग दिखाता है, जो सच्चे मन से अपना मार्ग ढूंढ़ने में स्वयं लगे रहते हैं।

जो व्यक्ति आपके दोष दूर करने के लिए आपकी आलोचना करता है, तो वह आपका सच्चा मित्र है। ऐसे व्यक्ति की बातों की ओर अवश्य ध्यान दें एवं उस व्यक्ति को उचित आदर-मान भी दें। आलोचना से भयभीत रहने वाला व्यक्ति कभी भी जीवन में उन्नति नहीं कर सकता। महाकवि रहीम ने आलोचना के बारे में लिखा है :

निंदक नियरे राखिए आंगन कुटी छवाय
बिन पानी साबुन बिना निर्मल करे सुभाय।।

थकान शरीर में नहीं मन में

थकान का केंद्रबिंदु हमारा शरीर नहीं बल्कि मन होता है। हम किसी कार्य में तभी थकावट अनुभव करने लगते हैं, जब मन में उस कार्य के प्रति थकावट अनुभव होने लगती है।

आशा, रुचि, आत्मविश्वास जैसे भाव मन को शक्ति प्रदान करते रहते हैं और थकावट नहीं होने देते हैं। किंतु चिंता, तनाव, अरुचि और अविश्वास के भाव मन को थका देते हैं। जब मन को थकावट अनुभव होने लगती है, तो शरीर की मांसपेशियां भी थकावट अनुभव करने लगती हैं।

जब कोई कार्य व्यक्ति की रुचि के अनुकूल होता है, तो वह काफी समय तक बिना थकावट अनुभव किए उसमें लगा रहता है। यदि वही कार्य व्यक्ति की रुचि के अनुसार न हो, तो वह शीघ्र ही उस कार्य में थकान का अनुभव करने लगता है।

यदि आप सफलता पाना चाहते हैं, तो प्रत्येक कार्य रुचि लेकर मन से करें। यदि वह कार्य रुचिपूर्ण नहीं भी है, तो उसे रुचिपूर्ण बनाने का प्रयास करें। जीवन में सफलता पाने का यह एक गुरुमंत्र है, जो दूसरों के लिए भी अनुकरणीय बन सकता है।

जीवन में वही लोग सफलता पाते हैं, जो अरुचिपूर्ण कार्यों को भी रुचिपूर्ण बनाकर उन्हें पूरा कर दिखाते हैं।

अपराध-बोध से मन में अशांति

जिस व्यक्ति के मन में कोई अपराध-बोध की भावना होती है, वह व्यक्ति भी मानसिक शांति अनुभव नहीं कर पाता। यदि आपके मन में किसी भी प्रकार की अपराध-बोध की भावना हो, तो उसे पश्चाताप करके या मन से क्षमा मांगकर बाहर निकाल दीजिए।

अपने मन से सदा पूछते रहें 'मैंने कोई गलत काम तो नहीं कर दिया'। जब अपराध-बोध की भावना व्यक्ति के मन से बाहर निकल जाती है, तो व्यक्ति एक विशेष आनंद एवं मानसिक शांति को अनुभव करने लगता है।

कुछ लोग ऐसे भी होते हैं, जो अपनी गलती को मान लेने की अपेक्षा कुतर्कों द्वारा उसे सही सिद्ध करने के प्रयास में ही लगे रहते हैं। ऐसे लोग मानसिक शांति प्राप्त नहीं कर सकते।

जब आप अपनी चालाकी को छिपाने के लिए कुतर्कों का सहारा लेने लगते हैं, तो स्थिति और भी अधिक बिगड़ती चली जाती है। इसीलिए कहा

जाता है कि एक झूठ को छिपाने के लिए कई अन्य झूठ भी बोलने पड़ते हैं। झूठ बोलने का शरीर पर जो दुष्प्रभाव पड़ता है, उसके विषय में आपको पहले ही बताया जा चुका है।

समझदारी इस बात में है कि आप जितना शीघ्र हो सके, अपने मन से अपराध-बोध की भावना को बाहर निकालने का प्रयास करें। यह भावना व्यक्ति को लकड़ी में छिपे घुन की तरह अंदर-ही-अंदर खोखला करती जाती है।

कटु वचनों पर ध्यान मत दो

कुछ लोग किसी दूसरे व्यक्ति द्वारा कहे गए कटु वचनों को याद करके मन को दुखी बनाए रखते हैं। ऐसा करने से उन्हें कुछ लाभ तो होता नहीं, उलटे उनका नरवस सिस्टम प्रभावित होने लगता है, जो उनके अंदर किसी-न-किसी रोग का बीज अवश्य बो देता है। जब एक बार किसी बीमारी के बीज बो दिए जाएं, तो फिर वह धीरे-धीरे अंकुरित होकर बढ़ने लगते हैं। इसलिए समझदारी इसी बात में है कि दूसरों के कटु वचनों की ओर ध्यान ही मत दो। एक कान से सुनो और दूसरे कान से निकाल दो। उन्हें अपने मन के अंदर जाने ही मत दो। कहने वाले तो कहकर चले जाते हैं, किंतु सुनने वाले उन वचनों से स्वयं को परेशान करते रहते हैं। दूसरों के कटु वचन बर्दाश्त कर लेने से आपकी मानसिक शक्ति बढ़ती जाएगी, साथ ही किसी भी प्रकार की आलोचना सहन करने की आपकी क्षमता बढ़ती जाएगी।

आप सदा यह मानकर चलें कि कटु वचन केवल शब्दों को उलट-फेर कर कहने का एक ढंग मात्र है। यदि कोई व्यक्ति कटु वचन कहकर कुछ आनंद प्राप्त कर लेना चाहता है, तो उसे वह आनंद उठाने दीजिए। किसी व्यक्ति के कटु वचन सहन करके आप उस पर अनुग्रह ही कर रहे हैं। यह अनुग्रह महान व्यक्तियों का एक लक्षण होता है। कुछ लोग कटु वचन सुनकर रोने लगते हैं, जो कि उनकी सहनशक्ति की दुर्बलता को दर्शाता है।

दूसरों को मूर्ख बनाना घातक

कुछ लोग अपने स्वार्थ के लिए दूसरों को मूर्ख बनाकर आनंद अनुभव करते हैं। उनके अपने शरीर पर इसका क्या प्रभाव पड़ता है, उसकी ओर कभी

भी ध्यान नहीं देते हैं। दूसरों को मूर्ख बनाकर उन्हें एक झूठे आनंद की अनुभूति होती है। इसलिए वे बार-बार इसका प्रयोग करते रहते हैं।

कुछ पुरुष चिकनी-चुपड़ी बातों से स्त्रियों को मूर्ख बनाते रहते हैं और अपना मनचाहा काम करवाते रहते हैं। वे बड़ी सरलता से पुरुषों को मूर्ख बना देती हैं और उनसे मनचाहा कार्य करवा लेती हैं।

कर्मचारी अफसरों को मूर्ख बनाकर अपना उल्लू सीधा करते रहते हैं। बच्चे अपने माता-पिता को मूर्ख बनाकर कई प्रकार के लाभ उठा लेते हैं।

प्रेमी अपनी प्रेमिका को मूर्ख बनाता रहता है और मीठी-मीठी बातों से उसे रिझाता रहता है। प्रेमिका भी इस कला का खूब उपयोग करती है और मीठी-मीठी बातों से प्रेमी को रिझाती रहती है।

पति अपनी पत्नी को मूर्ख बनाता रहता है, कई तरह की चालाकियों से उसे रिझाता रहता है। पत्नी भी इस काम में पीछे नहीं रहती है। इसी के बल पर वह पति को अपने वश में कर लेती है।

राजनीतिज्ञ जनता को मूर्ख बनाते रहते हैं। मूर्ख बनाकर ही वे जनता के वोट भी पा लेते हैं। चालाक लोग सरकार को मूर्ख बनाकर 'कर' बचा लेते हैं। आज के युग में सफल वही माना जाता है, जो दूसरों को मूर्ख बनाने में सिद्धहस्त होता है। एक सीधा-सादा व्यक्ति तो लल्लू ही कहलाता है। देखा जाए तो समाज का सारा चक्र और अधिकतर लेन-देन एक दूसरे को ठगने पर ही आधारित है। इस कार्य के लिए मीठे-मीठे शब्द-जाल का आडंबर बड़ी चतुराई के साथ रचा जाता है।

दूसरों को मूर्ख बनाकर आप अपना स्वार्थ तो सिद्ध कर सकते हैं, किंतु उससे होने वाले दुष्परिणाम से स्वयं को बचा नहीं सकते। जब कोई व्यक्ति छल-कपटपूर्ण बातों से दूसरों को मूर्ख बनाता है, तो अपने अंदर किसी-न-किसी रोग का बीज भी बोता है।

छल-कपट करने से विशेषकर दिल और पाचन-तंत्र पर बुरा प्रभाव पड़ता है, जिससे शरीर के अंदर एक विषैला रस पैदा होने लगता है, जो धीरे-धीरे किसी-न-किसी रोग को जन्म देता है। 'नरवस सिस्टम' पर भी इसका बुरा प्रभाव पड़ने लगता है।

ईश्वर तो आपको किसी अपराध के लिए क्षमा कर सकता है, किंतु नरवस सिस्टम कभी भी क्षमा नहीं करता। वह दंड अवश्य देता है।

दूसरों को मूर्ख बनाते रहने से आपके अंदर एक ऐसा मीठा विष बनने लगता है, जो धीरे-धीरे फैलने लगता है और कोई-न-कोई रोग लगा देता है। दूसरों को मूर्ख बनाने वाले व्यक्ति को इस बात का पता भी नहीं चलता।

सारे संसार में एक भी ऐसा व्यक्ति नहीं होगा, जो दूसरों को मूर्ख बनाकर जी रहा हो और मानसिक शांति भी पा रहा हो और उसके अंदर किसी-न-किसी रोग ने घर न कर लिया हो।

दूसरों को मूर्ख बनाकर जितना भी अधिक आनंद आप उठाते हैं, उतना ही अधिक विष भी अपने अंदर बढ़ाते जाते हैं।

सीधा-सादा सच्चा जीवन ही तंदुरुस्ती को बढ़ाता है। छलकपट एवं आडंबरपूर्ण जीवन तो कई प्रकार के रोग ही लगाता है। प्रकृति का यह साधारण नियम जो व्यक्ति जान जाता है, वही जीवन का सच्चा आनंद एवं मानसिक शांति पाने में भी सफलता प्राप्त करता है।

बदले की भावना बाधक

बदला लेने की भावना सभी में पाई जाती है। कई पशु-पक्षियों में भी यह देखने को मिलती है। शक्तिशाली तो बदला तुरंत ले लेता है, किंतु दुर्बल उचित अवसर की ताक में लगा रहता है।

बदला लेकर कुछ मानसिक संतुष्टि अवश्य मिल जाती है, किंतु यह प्रक्रिया बदला लेने वाले को भी काफी हानि पहुंचाती है। जब व्यक्ति बदला लेने का उपाय सोचता रहता है, तो उसके अंदर का रासायनिक संतुलन भी गड़बड़ा जाता है, जो किसी-न-किसी रोग के बीज बो देता है। दिल पर भी इसका प्रतिकूल प्रभाव पड़ता है, जो दिल को धीरे-धीरे कमजोर करता जाता है। बदला लेने से बैर-भाव और भी अधिक बढ़ जाता है, जिसका फिर कोई अंत नहीं हो पाता।

क्षमा से ही बैर को समाप्त किया जा सकता है, जो मानसिक शांति पाने के लिए आवश्यक है। इसी कारण सभी धर्मों में क्षमा को बहुत महत्त्व दिया है और इसे एक महान गुण माना गया है। किसी साधु व्यक्ति की

पहचान उसकी क्षमा भावना से ही होती है। क्षमा की भावना रखने वाले व्यक्ति को देवता-तुल्य माना जाता है। क्षमावान व्यक्ति केवल वही बनता है, जो अपने अहम् पर नियंत्रण कर पाने में सफल होता है। किसी दुर्बल व्यक्ति को क्षमावान नहीं माना जाता, क्योंकि उसमें तो बदला लेने की क्षमता ही नहीं होती। यदि कोई शक्तिशाली व्यक्ति किसी को क्षमा कर देता है, तो उसे ही क्षमावान माना जाएगा। महाकवि दिनकर ने ठीक ही लिखा है : क्षमा शोभती उस भुजंग को, जिसके पास गरल हो।

निष्काम सेवा एक उत्तम मार्ग

निष्काम सेवा को सबसे सरल एवं उत्तम मार्ग माना जाता है। गीता में भी इसकी बहुत महिमा बताई गई है। मन को शुद्ध करने का भी यह उत्तम उपाय है। निष्काम भाव से सेवा करने वाले लोग ही समाज को आगे बढ़ाने में सहायक होते हैं।

जो लोग प्रसिद्धि पाने या किसी अन्य स्वार्थ की पूर्ति के लिए समाज सेवा करते हैं, वे अपने अंदर केवल अहंकार को ही बढ़ाते हैं। वे निष्काम सेवा से प्राप्त होने वाले सच्चे आनंद का अनुभव नहीं कर पाते। केवल निष्काम सेवकों से ही समाज को लाभ होता है।

कोई भी पहुंचा हुआ साधु-महात्मा देश को स्वतंत्र नहीं करा सका था। गांधीजी जैसे निष्काम सेवकों ने ही देश को स्वतंत्र करवाया था। एक गृहस्थ व्यक्ति के लिए भी निष्काम सेवा ही ईश्वर-भक्ति का सरल एवं श्रेष्ठ मार्ग है।

प्रकृति का यह एक नियम है कि जो व्यक्ति भी निष्काम भाव से समाज को कुछ देता है, समाज भी उसे किसी-न-किसी रूप से ब्याज सहित उस सेवा का फल वापस लौटा देता है।

इसलिए कभी भी निष्काम सेवा को केवल समय नष्ट करना ही नहीं समझना चाहिए। जब भी कोई व्यक्ति किसी दूसरे की सहायता करता है, तो वह स्वयं की सहायता भी साथ ही करता जाता है। जब आप दूसरों को प्रसन्न करते हैं, तो स्वयं भी प्रसन्नता का अनुभव करने लगते हैं।

जो लोग केवल स्वार्थ-पूर्ति के कार्यों में ही लगे रहते हैं, वे अपने अंदर केवल ईर्ष्या, द्वेष, घृणा, क्रोध, लोभ और मोह आदि नकारात्मक प्रवृत्तियों को ही बढ़ावा देते हैं, जो उन्हें कई प्रकार के मानसिक एवं शारीरिक रोग लगा देती है और अंदर से खोखला कर देती है।

गृहस्थ जीवन त्यागकर गुफाओं में बैठकर साधना करने से उतना लाभ नहीं मिल पाता, जितना निष्काम सेवा से होता है।

कर्म-योगी लोगों के श्रम के कारण ही यह संसार भली-भांति चल रहा है और दिनों-दिन आगे बढ़ता जा रहा है। कर्म-योगी व्यक्ति स्वयं को संकीर्ण विचारों से ऊपर उठा लेता है और मानव सेवा को ही अपना सच्चा धर्म मानने लगता है। वह किसी भी धर्म के लोगों के प्रति घृणा का भाव नहीं रखता। निष्काम सेवा को ही कर्म-योग माना जाता है। गीता में इसकी महिमा का वर्णन किया गया है।

आध्यात्मिक जीवन ही सच्चा धर्म

आध्यात्मिक जीवन जीना अधिक कठिन नहीं होता। अपने रहन-सहन के ढंग में ही थोड़ा संतुलन लाना होता है। आप किसी धर्म में विश्वास करें या न करें, इस बात का जीवन में कोई महत्व नहीं। व्यक्ति को केवल अपने मन को ही शुद्ध रखना होता है। संसार की वास्तविक सच्चाइयों को स्वीकार करके उसी के अनुसार ही स्वयं को ढालना होता है।

संसार में अच्छाई और बुराई सदा रही है और रहेगी। कृष्ण के साथ कंस और राम के साथ रावण भी अवश्य रहेंगे।

इन बातों से आपकी सोच में कोई अंतर नहीं आना चाहिए। आपको तो केवल अच्छाई के मार्ग पर ही चलते रहना है। समाज में कई तरह के लोगों से आपका वास्ता पड़ेगा। आपको कृष्ण भी मिलेंगे और कंस भी, राम भी और रावण भी। आप निष्काम भाव से अपने कर्तव्यों को निभाते रहें। दूसरों के साथ तुलना करके व्यर्थ ही अपना समय नष्ट न करें।

केवल अपना और अपने परिवार का स्वार्थ ही मत देखें। समाज और देश के लिए निःस्वार्थ भाव से कुछ-न-कुछ अवश्य करें।

प्रातःकाल उठकर व्यायाम, प्राणायाम और ध्यान का अभ्यास करें। जितना भी समय उपलब्ध हो सके, उसका उपयोग अवश्य करें।

दिन-भर जो भी कार्य किए हैं, रात को उन पर विचार अवश्य करें। यदि कोई गलत काम कर दिया हो, तो उस पर पश्चाताप भी अवश्य करें। ईश्वर से उसके लिए क्षमा मांग लें। यदि आपका दिन बिना किसी विघ्न-बाधा के व्यतीत हुआ हो, तो उसके लिए ईश्वर को धन्यवाद भी अवश्य दें। आने वाला दिन भी ठीकठाक व्यतीत हो, ऐसी कामना भी अवश्य करें।

जब आप सभी कार्य ईश्वर के नाम से ही करेंगे, तो आपके मन में किसी भी प्रकार का अहंकार बढ़ नहीं पाएगा।

हर व्यक्ति के अंदर एक विशेष शक्ति छिपी होती है। मन को शुद्ध रखने से वह स्वयं ही प्रकट होने लगती है और व्यक्ति की सभी कामों में सहायता करने लगती है। इसी शक्ति को ही योगी लोग कुंडलिनी शक्ति कहते हैं।

नकारात्मक विचार रखने वाले लोगों के आसपास नकारात्मक विचारों वाले दूसरे लोग इकट्ठे होने लगते हैं। सकारात्मक विचार वाले व्यक्ति के आसपास सकारात्मक विचारों वाले लोग मेल-जोल बढ़ाने लगते हैं। यह विचार-शक्ति की विशेषता है। इसीलिए अच्छे व्यक्तियों को अच्छे और बुरे को बुरे व्यक्तियों का साथ मिल ही जाता है। अतः अच्छाई की राह पर चलने के लिए अपने विचारों को भी सकारात्मक तथा पवित्र रखें।

कुंठा से बेचैनी

कुछ लोग अपने मन में हीनता की भावना पाल लेते हैं, जो उन्हें बेचैन बनाए रखती है। ऐसे लोग दूसरों का सामना करने से घबराते रहते हैं। कुछ लोग अपने मन में श्रेष्ठता की भावना पाल लेते हैं। वे स्वयं को अपनी शिक्षा, धन या उच्च पद के कारण दूसरों से श्रेष्ठ मानने लगते हैं और यह आशा करते हैं कि दूसरे लोग भी उन्हें श्रेष्ठ मानकर उचित आदर सम्मान दें। जब ऐसा नहीं होता, तो उनके मन में बेचैनी एवं निराशा बढ़ने लगती है। क्रोध भी आने लगता है। ऐसे लोग भी मानसिक शांति नहीं पाते। इसलिए स्वयं को हीनता एवं श्रेष्ठता की भावना दोनों से ही बचाना चाहिए। यह कुंठा बड़ी घातक होती है।

मनोकायिक रोग

यह सिद्ध हो चुका है कि कुछ रोग ऐसे हैं, जिनका संबंध शरीर से न होकर सीधा मन से होता है। जब किसी व्यक्ति का मन तनाव एवं दबाव की स्थिति में रहता है, तो ऐसे रोग लग जाते हैं, जिन्हें मनोकायिक कहते हैं। व्यक्ति एक ऐसा मनो-जीव इकाई है, जो एक साथ ही वातावरण से तालमेल बैठा पाता है।

मनोकायिक रोगी की पहचान

मनोकायिक रोगों से पीड़ित व्यक्ति प्रायः वे होते हैं, जो अपनी भावनाओं को किसी से प्रकट नहीं कर पाते। उन्हें स्वयं को तनाव से बचाए रखने के आत्मरक्षक उपायों की जानकारी भी नहीं होती है, जैसे कोई युक्तिसंगत तर्क ढूंढ़ लेना, कल्पनाओं में डूब जाना, जिससे तनाव की पीड़ा को कम किया जा सके।

ऐसे लोग प्रायः शमन विधि का ही सहारा लेते हैं। किसी नशे आदि के सेवन से तनाव को भुलाने का प्रयास करते हैं, जिसका बाद में घातक परिणाम देखने को मिलता है।

जब भी किसी व्यक्ति को किसी निराशाजनक स्थिति का सामना करना पड़ता है, तो उस समय यदि ऐसी स्थिति पैदा करने वाले के प्रति अपने क्रोध को बाहर निकालने का अवसर मिल जाए, तो वह फिर से धीरे-धीरे सामान्य अवस्था में आने लगता है।

मनोकायिक रोगों के कारण

देखने में प्रायः यह आता है कि तनाव की स्थिति में किसी व्यक्ति को तो श्वसन संबंधी रोग लग जाता है, किसी को उच्च रक्तचाप तनाव हो जाता है, किसी को माइग्रेन सिर दर्द होने लगता है, किसी को एक्जिमा और किसी को कोई अन्य रोग हो जाता है।

अब प्रश्न यह उठता है कि एक जैसे तनाव में सभी को एक जैसे ही रोग क्यों नहीं लगते? इसका उत्तर यह है कि प्रत्येक व्यक्ति तनाव की स्थिति पर अपने ढंग से प्रतिक्रिया व्यक्त करता है।

मनोकायिक रोग निम्न क्रम से बढ़ते हैं :

1. तनावपूर्ण स्थिति में नकारात्मक संवेग पैदा हो जाता है। तनाव की तीव्रता इस बात पर निर्भर करती है कि व्यक्ति उसे किस रूप में लेता है और व्यक्ति में उस तनाव को सहन कर पाने की कितनी क्षमता है।

2. व्यक्ति तनावपूर्ण स्थिति में किस प्रकार से व्यवहार करता है।

3. तनावपूर्ण स्थिति व्यक्ति के शरीर के उसी भाग को प्रभावित करती है, जो दुर्बल होता है।

बच्चे भी तनावपूर्ण स्थिति को विभिन्न रूपों में ही ग्रहण करते हैं। तनाव की स्थिति में कुछ बच्चों को बुखार हो जाता है, कुछ का पाचन तंत्र बिगड़ जाता है, कुछ को ठीक से नींद नहीं आती है। ऐसे ही अंतर बड़े व्यक्तियों में भी देखने को मिलते हैं। कुछ लोगों की नाक पर प्रभाव पड़ता है, कुछ के पेट पर प्रभाव पड़ता है, तो कुछ की नाड़ियों पर प्रभाव पड़ता है।

तनाव में यदि किसी व्यक्ति में रक्त का दबाव बढ़ता रहेगा, तो उसे उच्च रक्तचाप हो जाएगा, जिससे पाचन तंत्र अधिक पाचन रस छोड़ने लगता है और पेट में अलसर हो सकता है। शरीर का वही अंग अधिक प्रभावित होता है, जो सबसे अधिक कोमल एवं संवेदनशील होता है।

मुख्य रोग

मनोकायिक रोगों को मुख्यतः दस भागों में बांटा जाता है, किंतु यहां हम केवल मुख्य रोगों पर ही थोड़ा प्रकाश डालेंगे, ताकि पाठकों को यह बात

समझ आ जाए कि मानसिक शांति न होने से शरीर कैसे रोगी बनता जाता है। मनोकायिक रोग हैं   पैप्टिक अलसर, माइग्रेन सिर दर्द, दमा, रक्तचाप बढ़ जाना, दिल के रोग, पीठ का दर्द, एक्ज़िमा।

पेट का फोड़ा

यह रोग विकसित देशों में अधिक मात्रा में देखने को मिलता है। ऐसा माना जाता है कि 10 प्रतिशत लोग इस रोग से कभी-न-कभी पीड़ित अवश्य हो जाते हैं। इस रोग का मुख्य कारण भोजन पचाने के लिए आमाशय द्वारा छोड़ा गया अम्ल है। भोजन की अनुपस्थिति में या आवश्यकता से अधिक हो जाने पर यह अम्ल आमाशय की दीवारों पर ज़ख्म बना देता है जो बाद में फोड़े का रूप ले लेते हैं।

यद्यपि व्यक्ति जो भोजन करता है वह अपचकारी होने पर तथा अन्य आरगैनिक कारण भी पेट का फोड़ा (पैप्टिक अलसर) बनाने में मुख्य कारण होते हैं, तो भी यह सिद्ध हो चुका है कि पेट का फोड़ा बनने का मुख्य कारण है, चिंता, दबा लिया गया क्रोध, उद्विग्नता, ईर्ष्या, द्वेष, रोष एवं नकारात्मक भावनाएं। इन सबके कारण ही आमाशय में आवश्यकता से अधिक पाचन रस बनने लगता है।

इसके अलावा यदि व्यक्ति भावनात्मक तनाव को लंबे समय तक मन में रखे और क्रोध, रोष बाहर निकालने का अवसर न मिले, तो शरीर के अंदर होने वाले रासायनिक परिवर्तन के फलस्वरूप आमाशय आवश्यकता से अधिक पाचन रस छोड़ने लगता है। भोजन को पचाने के पश्चात् जो रस बच जाता है, उसमें विद्यमान अम्ल की मात्रा पाचन तंत्र की बाह्य दीवार पर घाव करने लगती है, जो धीरे-धीरे पेट के अलसर का रूप धारण करता जाता है। केवल शांत स्वभाव के लोग ही इसके प्रभाव से मुक्त रह पाते हैं।

माइग्रेन सिर दर्द

यद्यपि सिर में दर्द कई प्रकार के आरगैनिक कारणों से भी हो सकता है, किंतु अधिकतर स्थितियों में सिर दर्द का कारण भावनात्मक तनाव ही होता है। माइग्रेन सिर दर्द पुरुषों की अपेक्षा महिलाओं को अधिक होता है।

यह दर्द समय-समय पर होता रहता है और बहुत कष्टदायक होता है। आम भाषा में इसे 'आधे सिर का दर्द' भी कहते हैं, क्योंकि यह सिर के एक विशेष भाग में ही होता है और अपना स्थान भी बदल सकता है।

जांच-पड़ताल से यह पता चला है कि यह दर्द खोपड़ी को शुद्ध रक्त ले जाने वाली रक्तवाहिनी नलिकाओं के फैलने के कारण होने लगता है। खोपड़ी के जिस भाग में ये फैलती है, उसी स्थान पर दर्द होने लगता है। जब रक्तवाहिनियां फिर से सामान्य अवस्था में आ जाती हैं, तो दर्द समाप्त हो जाता है।

माइग्रेन सिर दर्द का मुख्य कारण भावनात्मक तनाव माना जाता है। इस तनाव के कारण खोपड़ी की मांसपेशियां सिकुड़ जाती हैं। परिणामस्वरूप रक्तवाहिनियां भी संकुचित हो जाती हैं। रक्त संचालन बनाए रखने के लिए जब रक्तवाहिनियों को फैलना पड़ता है, तो सिर में दर्द होने लगता है।

तनाव एवं माइग्रेन की स्थिति प्रायः युवावस्था में बनती है, जो बाद में तनाव के समय प्रकट होती रहती है। यह बहुत ही कष्टदायक दर्द होता है। इसका इलाज भी काफी कठिन है।

दमा

दमा की स्थिति उस समय पैदा हो जाती है, जब सांस लेने की नलियों में कुछ बाधा आ जाती है और सांस लेने में कठिनाई होने लगती है। दमे के रोगी घर के वातावरण में स्थित धूल-कणों, तंबाकू के धुएं, ठंडी हवा आदि में जब सांस लेते हैं, तो उनकी सांस के साथ एक विशेष प्रकार की ध्वनि भी निकलती है।

दमे का आक्रमण हलका भी हो सकता है और तीक्ष्ण भी। कुछ घंटों से लेकर कुछ दिनों तक यह स्थिति बनी रहती है। रोगी को सांस लेने में काफी कठिनाई होती है। शरीर में ऐंठन पैदा करने वाली खांसी भी होने लगती है। यह अवस्था 17 वर्ष से कम आयु में अधिक देखने को मिलती है।

दमा कई प्रकार का होता है। सभी के अपने कुछ विशिष्ट कारण होते हैं। सबसे अधिक मात्रा में पाया जाने वाला दमा एलर्जी से होने वाला

दमा है। यह दमा वातावरण में विद्यमान ऐसे पदार्थों के कारण होने लगता है, जिनके प्रति उस व्यक्ति में एलर्जी होती है।

संक्रामक प्रकार का दमा भी होता है और स्वाभाविक प्रकार का भी होता है। यह बचपन में भी हो सकता है और बाद में भी।

दमे का मनोवैज्ञानिक कारण यह माना जाता है कि व्यक्ति जब अपने जीवन में व्यक्तिगत संबंधों से उपजी शत्रुता को झेल नहीं पाता है, तो उसमें दमे की स्थिति बन जाती है।

उच्च रक्तचाप तनाव

जब भी किसी व्यक्ति के अंदर भावनात्मक तनाव बढ़ जाता है, तो उसका सबसे अधिक प्रभाव हृदय पर ही पड़ता है। जब व्यक्ति शांत अवस्था में होता है, तो उसके हृदय की गति सामान्य रूप से चलती रहती है, नाड़ी की गति भी सामान्य रहती है, रक्तचाप भी सामान्य रहता है और अंतड़ियों में रक्त की सप्लाई भी सामान्य रूप से चलती रहती है।

जब व्यक्ति में भावनात्मक तनाव बढ़ जाता है, तो उसकी अंतड़ियों से संबंधित शरीर के अंग सिकुड़ने लगते हैं। शरीर के धड़ एवं अन्य अंगों की ओर रक्त आपूर्ति की मात्रा बढ़ जाती है। इस प्रकार सारा शरीर आपात्कालीन स्थिति में आ जाता है, जिसका प्रभाव पूरे शरीर पर पड़ता है।

रक्तवाहिनियों के सिकुड़ने के कारण रक्त की आपूर्ति को बनाए रखने के कारण हृदय को सामान्य से अधिक कार्य करना पड़ता है। हृदय की गति के बढ़ जाने से रक्त की गति भी बढ़ जाती है, जिससे रक्त का दबाव भी बढ़ जाता है।

जब तनाव की स्थिति समाप्त हो जाती है, तो शरीर फिर से सामान्य अवस्था में आ जाता है। किंतु यदि ऐसी स्थिति बार-बार बनती रहे, तो रक्त का दबाव बढ़ा हुआ ही रहने लगता है।

इस बढ़े हुए रक्त के दबाव को ही 'उच्च रक्तचाप तनाव' या हाइपर टेंशन कहते हैं। संसार में करोड़ों लोग इसी बीमारी के कारण मर रहे हैं।

उच्च रक्तचाप तनाव से गुर्दे फेल हो जाने की संभावना बनी रहती है, अंधापन भी हो सकता है, और भी कई रोग लग सकते हैं।

इस रोग की विशेषता है कि इसका कोई भी लक्षण शरीर पर प्रकट नहीं होता। किसी भी प्रकार का कष्ट भी अनुभव नहीं होता। यदि रक्तचाप बहुत अधिक बढ़ जाए, तो कुछ लोगों के सिर में दर्द होने लगता है, सुस्ती अनुभव होने लगती है, नींद ठीक से नहीं आती है। ऐसे लक्षणों की ओर लोग प्रायः ध्यान ही नहीं देते हैं। यह रोग व्यक्ति को कोई चेतावनी भी नहीं देता।

जिस प्रकार से सांप रेंगता हुआ अपने शिकार तक पहुंच जाता है, उसी प्रकार से यह रोग भी धीरे-धीरे व्यक्ति को डस लेता है और इसका आभास भी नहीं होने देता है।

इसके प्रभाव के कारण बाद में दिल के रोग लगने लगते हैं, गुर्दे फेल होने लगते हैं, आंखें दुर्बल होने लगती हैं। ऐसे व्यक्ति को स्ट्रोक भी हो सकती है। स्ट्रोक का प्रभाव दिमाग पर पड़ता है, जिसके परिणामस्वरूप व्यक्ति न चल-फिर सकता है और न ही ठीक से बोल पाता है।

यद्यपि इस रोग के कई कारण गिनाए जा सकते हैं, फिर भी इसका मुख्य कारण भावनात्मक तनाव ही माना जाता है। यदि किसी व्यक्ति को ऐसी नौकरी करनी पड़े, जिसमें सदा तनाव भरा काम करना पड़ता हो, तो ऐसे व्यक्ति को उच्च रक्तचाप तनाव होने की काफी संभावना रहती है।

दिल के रोग

आज संसार में सबसे अधिक मृत्यु हृदयगति रुक जाने के कारण ही हो रही है। इस रोग को बीसवीं शताब्दी की महामारी माना जाता है।

यद्यपि इराके भी कई कारण माने जाते हैं, तो भी इसका सबसे मुख्य कारण 'उच्च रक्तचाप तनाव' है। जो भी व्यक्ति तनावपूर्ण जीवन जी रहा हो, उसे हृदय के रोग लगने की काफी संभावना रहती है।

अपने काम-धंधे का दबाव, समय के पालन का दबाव, दूसरों के प्रति शत्रुता एवं ईर्ष्या-द्वेष के भाव, जीवन में वांछित उन्नति न कर पाने का तनाव आदि कई बातें हैं, जो हृदय रोग लगाने लगती हैं। वैवाहिक जीवन में होने वाले लड़ाई-झगड़े, तलाक आदि से भी तनाव बना रहता है। भाग-दौड़ से भरा जीवन भी व्यक्ति को तनावयुक्त बनाए रखता है।

पीठ का दर्द

पीठ का दर्द भी तनावयुक्त जीवन जीने के कारण पैदा हो जाता है। भारतीय महिलाओं को प्रौढ़ावस्था में पहुंचते-पहुंचते यदि सबसे ज्यादा कोई बीमारी परेशान करती है, तो वह है पीठ का दर्द। इसका एक कारण तो पारिवारिक कामकाज है ही, लेकिन दूसरा प्रमुख कारण है अव्यवस्थित और तंगी भरा पारिवारिक जीवन। आवश्यकताएं और अभाव प्रायः इन्हें प्रभावित करते हैं और मानसिक रूप से क्षुब्ध रहने के कारण हारमोंस में गड़बड़ी पैदा हो जाती है। यही कारण है कि मध्यवर्गीय परिवारों की महिलाओं में यह परेशानी सबसे अधिक देखने को मिलती है।

ठीक इसी प्रकार अधिक तनावग्रस्त रहने पर पुरुषों में भी पीठ दर्द की समस्या देखी जा सकती है। खुशहाल जीवन जीने वाले लोगों में इस प्रकार की समस्याएं कम ही देखने में आती हैं। अतः तनावमुक्त रहकर आप इस परेशान करने वाली बीमारी से अपने आपको मुक्त रख सकते हैं।

एक्जिमा

प्रत्येक मानव की चमड़ी के नीचे रक्तवाहनियों का जाल बिछा होता है। जब भी मानव में कोई भावनात्मक परिवर्तन होता है, तो रक्तवाहिनियों का यह जाल तुरंत प्रभावित हो जाता है, क्योंकि ये बहुत ही संवेदनशील होता है। यही कारण है कि जब भी कोई व्यक्ति क्रोध या घबराहट में होता है, तो उसके चेहरे का रंग तुरंत लाल हो जाता है, क्योंकि रक्त का प्रवाह चेहरे की ओर बढ़ जाता है। जब व्यक्ति बहुत अधिक भयभीत अवस्था में होता है, तो उसके चेहरे का रंग पीला पड़ जाता है, क्योंकि भय की अवस्था में रक्त भेजने वाली नलिकाएं चेहरे की ओर रक्त भेजना रोक देती हैं।

इसलिए जब व्यक्ति बहुत अधिक भावनात्मक तनाव में रहता है, तो किसी संवेदनशील एवं मर्म स्थान पर एक्जिमा के लक्षण प्रकट होने लगते हैं।

इस रोग में लाल रंग का एक धब्बा बन जाता है। फिर उस स्थान पर खुजली होने लगती है और वह सूजने लगता है। इसके बाद उस पर

फुंसियां निकल आती हैं और एक आवरण बन जाता है, जो क्रमशः कठोर होता जाता है। एक्जिमा में होने वाली खारिश व्यक्ति को सदा परेशान करती रहती है। जब तक व्यक्ति उस भावनात्मक तनाव की स्थिति से पूरी तरह से मुक्त नहीं हो जाता, तब तक उसका एक्जिमा भी पूरी तरह से ठीक नहीं हो पाता। दवाई लगाने से थोड़े समय के लिए दब जाता है, किंतु जड़ से समाप्त नहीं होता।

ऐसा माना जाता है कि जिस व्यक्ति के जीवन में सदा कुंठा भरी रहती है और कुछ कर दिखाने में स्वयं को असमर्थ समझता रहता है, ऐसे व्यक्ति को एक्जिमा होने की अधिक संभावना रहती है। तनाव से मुक्ति एवं मानसिक शांति ही इसका पक्का इलाज है।

मनोकायिक रोगों में विभिन्नता के कारण

प्रायः यह प्रश्न पूछा जाता है कि जब कई लोग एक जैसे तनाव की स्थिति में रहते हैं, तो सभी को एक जैसे रोग क्यों नहीं लगते, अलग-अलग प्रकार के क्यों लगते हैं? तनाव की स्थिति में रहते हुए किसी को माइग्रेन सिर दर्द, किसी को पेट का अलसर, किसी को दमा, किसी को दिल का रोग और किसी कोई दूसरा रोग हो जाता है।

ऐसा इसलिए होता है, क्योंकि सभी लोग तनाव को अपने-अपने ढंग से लेते हैं, इसके अलावा तनाव का सामना भी हर व्यक्ति अलग-अलग तरीके से करता है।

यह सब उस व्यक्ति के शरीर की बनावट, वातावरण, सामाजिक स्तर पर निर्भर करता है कि वह किस प्रकार से उस तनाव का सामना करता है।

ऐसी अवस्था में जिस व्यक्ति का रक्तचाप बढ़ा रहेगा, वह उच्च रक्तचाप तनाव का शिकार हो जाएगा। जिस व्यक्ति का पाचनतंत्र अधिक मात्रा में पाचक-रस छोड़ने लगेगा, उसे अलसर हो जाएगा।

शरीर का जो भी भाग दुर्बल अवस्था में होगा, वही तनाव के दौरान अधिक प्रभावित हो जाएगा। यह भी जान लेना आवश्यक है कि मानव

शरीर के विभिन्न भागों पर आनुवंशिकता, रोग और पहले ही अनुभव किए जा चुके आघातों का बहुत प्रभाव होता है।

जिस व्यक्ति का पाचनतंत्र दुर्बल होगा और उसके पाचनतंत्र पर सबसे अधिक प्रभाव पड़ेगा, तो उसे अलसर होने की संभावना बनी रहेगी। जिस व्यक्ति का श्वासतंत्र दुर्बल होगा और उसके श्वासतंत्र पर अधिक प्रभाव पड़ेगा, तो फिर उसे दमा हो सकता है।

व्यक्ति के दृष्टिकोण का प्रभाव

व्यक्ति का जीवन के प्रति स्वयं का दृष्टिकोण विभिन्न रोगों को जन्म देने में बहुत सहायक होता है। इसे आगे दिए गए उदाहरणों की सहायता से समझा जा सकता है।

यदि कोई व्यक्ति मन में सदा यह सोचता रहे कि जिस वस्तु का वह हकदार था, वह उसे दी नहीं गई, जो आश्वासन दिया गया था, उसे पूरा नहीं किया गया। ऐसा दृष्टिकोण रखने वाले व्यक्ति के पेट में अलसर बन जाने की संभावना अधिक रहती है।

जिस व्यक्ति को जीवन में प्यार न मिला हो और सुरक्षा की भावना की भी कमी रही हो, उसको भी अलसर होने की संभावना रहती है।

जो व्यक्ति सदा कुछ कर दिखाने के प्रयास में लगा रहे, किंतु अंत में केवल निराशा हाथ लगे, ऐसे व्यक्ति को माइग्रेन सिर दर्द का रोग लगने की संभावना रहती है।

जो व्यक्ति सदा यह अनुभव करता रहे कि जीवन में किसी ने भी उसे प्यार नहीं दिया। सभी ने केवल प्रताड़ना ही की है, तो ऐसे व्यक्ति को दमा होने की संभावना रहती है।

इस पुस्तक के माध्यम से यह समझाने की कोशिश की गई है कि हमारे जीवन में मानसिक शांति का कितना महत्व है और मानसिक शांति न होने से किस प्रकार मनोकायिक रोग लग जाते हैं। ये रोग केवल मानसिक शांति मिलने के पश्चात् ही शांत होते हैं। दवाइयां खाने से इनका पूरा इलाज संभव नहीं होता। इससे रोग कुछ समय के लिए दब जाता है, जड़ से मिटता नहीं।

मानसिक विश्रांति भी आवश्यक है

आज के तनावपूर्ण जीवन में जो व्यक्ति शरीर को विश्रांति देने की क्रिया से अनभिज्ञ है, वह शीघ्र ही शरीर में थकावट अनुभव करने लगता है। इससे व्यक्ति की कार्य करने की क्षमता कम हो जाती है। आप चाहे शारीरिक श्रम करें, चाहे मानसिक, शरीर की ऊर्जा तो व्यय होती ही रहती है, जिससे शरीर में थकावट अनुभव होने लगती है।

खोई हुई ऊर्जा को पुनः प्राप्त करने के लिए शरीर को विश्रांति देना आवश्यक होता है। उचित विश्राम के अभाव में शरीर, मन और भावनाओं से संबंधित अनेक समस्याएं पैदा होने लगती हैं, जिससे मनोकायिक रोग उत्पन्न होने लगते हैं। विश्रांति की क्रिया, शरीर से आरंभ होकर मन, हृदय और आत्मा तक पहुंचती है।

जब भी आपको अनुभव होने लगे, तो शरीर को थोड़ा विश्राम अवश्य दें। स्वस्थ रहने के लिए शरीर को विश्राम देना अत्यंत आवश्यक है।

शारीरिक विश्राम की एक विधि

शरीर को विश्राम देने की अनेक विधियां हैं। यहां एक सरल विधि का वर्णन किया जा रहा है।

किसी भी समतल स्थान पर दरी आदि कुछ बिछाकर सीधे लेट जाइए। अपने हाथ-पैरों को फैलाकर रखें। हथेलियां जांघों का स्पर्श करें। पैरों की एड़ियां एक साथ सटी रहें। पहले गहरी सांस लें।

अब धीरे-धीरे शरीर को ढीला छोड़ दें। अपने मन में अनुभव करें कि आपके पैरों के पंजे, एड़ियां, घुटने और जांघों में विश्रांति की लहर चल पड़ी है। पैर के पंजों से आरंभ करके धीरे-धीरे सिर की ओर बढ़ते जाएं और अपने मन की आंखों से शरीर के सभी मुख्य अंगों को ढीला होते देखें। अंत में अपने सिर को आदेश दें कि वह सभी अंगों की थकावट को शरीर से बाहर निकाल दे।

यदि आपके पास लेटने का समय या साधन न हो, तो किसी उचित स्थान पर दीवार के सहारे खड़े हो जाएं और पैरों से आरंभ करके सभी अंगों को विश्राम की स्थिति में आने का आदेश देते जाएं। दो-तीन मिनट में ही आपका सारा शरीर तनाव एवं थकान से मुक्त हो जाएगा। यह क्रिया किसी कुर्सी पर बैठकर भी की जा सकती है।

मन की विश्रांति की एक विधि

शारीरिक विश्रांति का रहस्य मानसिक विश्रांति में छिपा हुआ है। जब तक मन में विश्रांति का अनुभव नहीं होगा, तब तक शरीर को आराम नहीं मिल सकता। मन नरवस सिस्टम के माध्यम से क्रियाशील बना रहता है। इसीलिए यदि मन तनाव की अवस्था में हो, तो शरीर के अन्य अंग भी तनाव की स्थिति में ही बने रहते हैं।

मन की विश्रांति के लिए यह आवश्यक है कि किसी आनंददायक दृश्य की कल्पना करके मन को उस पर केंद्रित कर दें। मन की विश्रांति का एक बढ़िया उपाय ध्यान है।

किसी मंत्र आदि का जप करने से भी मन विश्रांति का अनुभव करने लगता है।

ध्यान लगाने से लाभ

ध्यान लगाने से कई लाभ होते हैं। इससे एक ऐसी मानसिक अवस्था पैदा होने लगती है, जो मन के साथ पूरे शरीर को भी तनावमुक्त कर देती है। जब व्यक्ति ध्यान की अवस्था में होता है, तो उसे ऑक्सीजन की आवश्यकता

कम मात्रा में होती है, जिससे शरीर के अंदर कार्बन डाइऑक्साइड की मात्रा एकदम से बढ़ जाती है, जो एक टॉनिक का काम करती है।

ध्यान से सांस और हृदय की गति में भी कमी आ जाती है, जिससे दिल को काफी आराम मिलता है। दिमाग के अंदर आनंद प्रदान करने वाली अलफा लहरें अधिक मात्रा में बनने लगती हैं। ये 8 से 12 प्रति सेकंड चक्कर की गति से भ्रमण करती हैं और दिमाग को शांत स्थिति में बनाए रखती हैं।

जब मन ऐसी स्थिति का अनुभव करने लगता है, तो स्वास्थ्य में भी सुधार होने लगता है। कई रोग स्वयं ही नष्ट हो जाते हैं। ध्यान लगाने से शरीर और मन को नींद की अवस्था से अधिक आराम मिल जाता है, जो पूरे शरीर में एक नई स्फूर्ति जगा देता है।

इस स्थिति में आते ही अवचेतन मन में दबी हुई चिंता, तनाव और नैराश्य भाव की तहें खुलने लगती हैं और धीरे-धीरे शरीर से बाहर आने लगती हैं। तनाव की स्थिति कम होने से स्वास्थ्य में सुधार होने लगता है।

मन के स्वस्थ होने से यौन इच्छा में भी सुधार होने लगता है। जीवन के प्रति दृष्टिकोण बदल जाता है। निराशावादी भावनाएं दूर होती हैं और आशावाद जागने लगता है। शरीर के अंदर अतिरिक्त ऊर्जा पैदा होने लगती है, जो कार्य करने की क्षमता बढ़ा देती है। नरवस सिस्टम भी ठीक से कार्य करने लगता है। नशा करने की आदत से भी मुक्ति मिलने लगती है। जिस दशा में नशा करने की तलब पैदा होती है, ध्यान लगाने से वह दशा ही बदल जाती है।

ध्यान लगाने से शरीर में अतिरिक्त ऊर्जा होती है, इसलिए ध्यान प्रातः और सायं दो बार लगाने की सलाह दी जाती है।

कुछ लोग ध्यान लगाने को समय नष्ट करना समझते हैं। ऐसे व्यक्ति भ्रम का शिकार होते हैं। इससे समय नष्ट नहीं होता, अपितु बचने लगता है। उसका कारण यह है कि ध्यान से प्राप्त ऊर्जा से दैनिक कार्यों को अधिक तेजी के साथ किया जा सकता है, जिससे समय की बचत हो जाती है।

ध्यान से मन में अच्छे विचार पैदा होने लगते हैं, जो व्यक्ति की कार्यक्षमता को और अधिक बढ़ा देते हैं। इससे दिमाग का भी व्यायाम

111

हो जाता है, जो और अधिक गहन चिंतन के लिए उकसाने लगता है। व्यक्ति का सोचने का ढंग बदल जाता है, इसलिए उसके दैनिक जीवन में भी परिवर्तन आ जाता है।

ध्यान लगाते समय पाचन क्रिया की गति धीमी हो जाती है, इसलिए भोजन करने के तुंरत बाद ध्यान नहीं लगाना चाहिए। खाली पेट या खाना खाने के दो-तीन घंटे बाद ही ध्यान लगाना चाहिए।

ध्यान केवल किसी कार्यपूर्ति की तरह नहीं लगाना चाहिए। इस अवस्था में आनंद, शक्ति और विश्राम का अनुभव करना चाहिए।

ध्यान लगाने की विधि

ध्यान लगाने के लिए किसी उपयुक्त आसन पर बैठ जाएं। यह ध्यान रखें कि शरीर में कोई तनाव न हो। रीढ़ की हड्डी, गरदन और सिर बिल्कुल सीधे रहें। ध्यान पद्मासन, सिद्धासन या सुखासन में भी किया जा सकता है और कुर्सी पर बैठकर भी।

पहले ऊंचे और लंबे स्वर में 'ऊं' का उच्चारण करें। ऐसा तीन बार करें। फिर आंखें बंद करके अपनी सांस के आने-जाने को देखें। अपने ध्यान को भृकुटियों के बीच केंद्रित करें।

आप अपना ध्यान अपने किसी ईष्टदेव या देवी पर भी केंद्रित कर सकते हैं, किसी मंत्र पर भी और किसी काल्पनिक दृश्य पर भी।

आरंभ में आप असफल भी हो सकते हैं। यदि प्रयास करते रहेंगे, तो आपको सफलता अवश्य मिलेगी। आप अपनी सुविधा के अनुसार धीरे-धीरे ध्यान का समय बढ़ाते जाएं।

• • •

अनुक्रम